フィンガーボウルの話のつづき＊吉田篤弘

The Continuing Story of Finger Bowl

平凡社

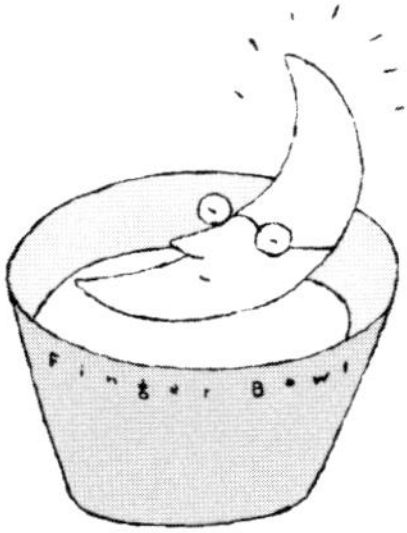
Finger Bowl

フィンガーボウルの話のつづき

C o n t e n t s

目次

*

装幀＝クラフト・エヴィング商會［吉田浩美・吉田篤弘］
イラスト＝著者

フィンガーボウルの話のつづき

The Continuing Story of Finger Bowl

フィンガーボウルの話のつづき・1

「彼ら」の静かなテーブル

夕方になり、空気がすっかり青くなると、食堂から主人がぬっとあらわれ出た。見事な太鼓腹をさすりながら、店の入口にあるガス燈に灯をともす。主人の禿頭が青い空気の中に浮かび上がる。鼻下に髭。琥珀色の瞳に眉が太い。

――さて、今日も開幕。

サーカスの団長のように体をゆすって、そうつぶやく。吐き出された息が白い。

向かいの花屋にも灯がともり、男装の麗人といったおもむきの女主人が彼に向かって手を振る。食堂と花屋が向かい合ったその袋小路に他に目立った店はない。あるいは、誰かがそこを「世界の果て」と呼んだせいかもしれない。

――世界に果てなどあるものか。

食堂の主人はそう考えていたが、いつからか、食堂まで〈世界の果て〉と呼ばれるようになった。正しい店の名を彫り込んだ看板がどこかにあるはずだ。しかし、誰もそれに気づかない。

「今日の晩めしは〈世界の果て〉で」

客は示し合わせたように、そう言い交わした。

――まったく。

主人は悪態をつきながら、店中のテーブルに洗いたての白いテーブルクロスをかけてまわった。すべてかけ終わると、束の間、静かな時間が流れ、白い正方形がいくつも並んでいる。

「彼ら」と主人は客をそう呼んでいて、「彼ら」のために白く静かなテーブルを用意することが自分の仕事であると信じてきた。

毎晩八時には満席になる。その時間には花屋のあかりも消え、ただ一軒、〈世界の果て〉にのみ喧騒が宿る。すべてを主人ひとりで切り盛りしているので、コックにボオイに電話番と、体に似合わずアクロバティックにこなしてゆく。

そのうち十時がきて、ようやく外へ出て煙草を一本吸う。袋小路に立って、外から店を眺める。料理の湯気と「彼ら」の声——歓声と嘆きがひとつになって小さな箱に詰まっている。主人はため息をついて、凍えるように光る星を仰ぐ。

——たしかにここは、どこからも遠いな。

煙草の煙を吐く。

——〈世界の果て〉とはよく言ったものだ。

煙草を捨てて、店に戻る。

洗いもの、洗いもの、片づけもの、洗いもの。

時間が経つにつれて「彼ら」はまばらになり、声も大人びて、囁きとつぶやきに変わっていく。それらを音楽のように聴きながら主人は皿を洗う。あたらしいコーヒー豆を挽き、昼のあいだにこしらえておいたスポンジケーキを切り分けて、透明な蒸溜酒を客にではなく自分のグラスに注いで飲む。

やがて、「彼ら」の最後のひとりが店を出ていくと、その日最後のレジスターの音が余韻となって店に響きわたる。

すべての皿とすべてのスプーンを片づけてパン屑を拾い集める。すべてのテーブルクロスにワインとソースの染みができている。

——壁に飾っておきたいようだ。

ときには、染みが星に見えることもある。

次の日の昼にはテーブルクロスの星々はきれいさっぱり洗い流され、食堂の裏手の中庭に並んで干される。主人は洗濯ばさみをポケットから取り出し、ひとつひとつ手早く干してゆく。

空は青くて風は乾いている。

主人はまぶしそうに目を細める。

どこからも遠い〈世界の果て〉で、真っ白なテーブルクロスがはためいている。

そしてそれはまた、「彼ら」の静かなテーブルにそっとかけられる。

フィンガーボウルの話のつづき・2

ジュールズ・バーンの話のしっぽ

No.A025036

1

世界の果てにある小さな食堂を舞台にした物語を書こうと思っていた。

かねてより、その食堂は私の頭の中にあり、夜になると、頭の中の物語に暖かい灯がともった。客のざわめきが聞こえ、食堂の上にひろがる夜空まで見えた。

ところが、いざ机に向かって原稿用紙をひろげると、いっさいが消えてなくなった。一行として書けなかった。いくら頭をかきむしってみても書けないので、仕方なく毛布をかぶってふて寝をしたら、夢の中に当の食堂があらわれた。

登場人物たちがいきいきと動きまわっている。

夢の中であると知りながらもあわてて机に向かい、ペンを握りしめた途端、食堂の灯りが消え落ちた。

この繰り返し――。

寝ても覚めても、私はその物語を書き出すことができなかった。


「それはもう、きっかけをつかむよりほかないね」

ゴンベン先生に相談してみたところ、そのようなお答えであった。

ゴンベン先生は私の恩師であり、某大学の助教授をつとめながら、文学から哲学まで多岐にわたる翻訳の仕事を続けてこられた。「読む」「記す」「論じる」の言偏《ごんべん》三本柱をはじめ、「話」「語」「註」「訳」「説」「評」「詩」にいたるまで、ゴンベンを擁するあらゆる領域をこの先生に教わってきた。

「このところ、すっかり頭髪は白組が優勢でね」

先生はネクタイをゆるめて好物の黒ビールをちびちびと召し上がっている。

先生に会うのは、横浜野毛《のげ》町にある小さな串焼き屋と決まっていた。生粋のハマッ子である先生のなわばりなのだ。

「しかしあれだな、なにもかも串刺しだな、吉田君」

先生は豚とねぎが刺してある串を手にして、しみじみとそうおっしゃる。そうして串焼き屋で教えを乞うたび、「なにもかも串刺しだな」と先生はかならずそう言うのだ。何かを暗示した奥深い言葉なのか、それとも、豚の串焼きを前にした素朴な感想なのかは分からない。

ただそのときは、「串刺しだな」のあとに、「きっかけをつかむよりほかないね」と先生は小さくつぶやいた。

「きっかけですか」

「そうだねぇ、きっかけというか、まぁ、しっぽだな。しっぽって言ったって、豚のしっぽなんかじゃなく――」

黒ビールをちびり。

「物語という、どでかい怪物のしっぽだ」

「どでかいんですか」

「だって君はずいぶん長いことその物語を書きあぐねているんだろう?」

「そうですね、かれこれ二年になります」

「それはまたずいぶんと怪物を太らせちまったねぇ」

「太りましたか」

「太ったねぇ。あんまり太っちまうと、せっかくしっぽをつかまえても、引きずり出せなくなる」

「そうなんですか」

「そうして陽の目を見なかった物語がこの世にはゴマンとある」

「哀しいですね」

「そう。この世でいちばん哀しいのは、一度も語られることのなかった物語と、一度も奏でられることのなかった音楽だ」

「どうすればいいんでしょう」

「私も若いとき、よくそれを考えた」

黒ビールをちびり。

「私の結論はこう。なるべく多くを読み、なるべく多くを聴くこと。語られなかった物語をあぶり出すには、この世に語られた物語をすべて並べてみればいい。そうして、失われたものを包囲してしまう。包囲して輪郭を浮かび上がらせる」

ふうむ――なんだか分かったような分からないような。

結局、私は依然として書き出せず、日がな一日、音楽を聴いてばかりいた。

昔は三十センチレコードをそろそろとジャケットから取り出し、なんともうやうやしい感じで聴いたものだ。いまは手軽にCDを取っ替え引っ替えして聴き、聴きながら、ゴンベン先生が言うところの「一度も奏でられなかった音楽」について考える。本当は「物語」の方を考えるのが私の仕事なのだが、この世のあらゆる物語を並べて読むのは気が遠くなりそうだった。

それなら潔く物語のことなど忘れてしまえばいいのに、夜になって音楽が途切れると、やはり頭の中の食堂に灯がともるのだった。

2

ゴンベン先生に会いにゆくときは、渋谷から東横線に乗って桜木町まで行くことになる。急行なら三十五分で着くが、この三十五分が絶妙な時間であることに、あるとき気がついた。

三十分では近すぎる。しかし、急行で四十分もかかるのは遠く感じられる。

そこへいくと、三十五分はちょうどいい頃合いで、切符代も二百九十円と格安だった。行って帰って五百八十円。タクシーの一メーターより安い。

最初は先生に会うときだけ、この三十五分を味わっていたのだが、そのうち、ふらりと机を離れて、昼の日なかから横浜へ通うようになった。

行って、どうするわけでもない。

ただ、東京の日常から三十五分ずれた場所の妙味とでも言えばいいのか。あてどなく歩いては立ちどまり、古ぼけたビルや、ひとけのない路地をぼんやりと観察していた。

そんなことばかりしていると、（いや、こんなことをしている場合ではない）と思うのだが、机に戻ったら戻ったで、（机にかじりついていても何も始まらない）と思いなおす。それで、三十五分を行ったり来たりするうち、物語のしっぽをつかまえられないものかと企んだのだ。

しかし、なかなかそう上手くもいかない。

上手くいかないと、夕方を待ってゴンベン先生をお呼び立てし、串焼きの煙に巻かれながら教えを乞うた。先生は混乱した私の頭をいつでもきれいに掃除してくれた。

「吉田君な、君はその何とかいう食堂の話を書きたいのだろう」

「ええ。世界の果てみたいなところにある食堂で──」

「で、その主人公は誰なんだっけ？」

「いえ、主人公は特にいなくて、その店に集まる人たちの話を書きたいんです」

それは本当にそう考えていた。食堂を書きたいのではなく、客人たちのことを書きたかった。

「で、その客人たちの何を書きたいんだろう」

「さて、なんでしょうか」

先生は黒ビールのコップをコツンと置き、目を細めながら串焼き屋の煤けた天井を見上げた。

「世界の果てにある食堂で人々は絶望しているのかねぇ」

「いえ、彼らは皆、希望を持っているような気がします。希望というか——夢と言ってもいいんですが」

「夢か。夢ってもんは、そのままそこにあればいいもんだが、人が寄りかかった途端、〈儚い〉という字になる。誰が考えたことやらなぁ」

私は頭の中の黒板に〈儚い〉と書いてみた。たしかにそのとおり。

「儚いですかね」

「儚い客人たちの物語ということだねぇ」

そのとき、先生の言う「きっかけ」の一、二行が頭の中で明滅したような気がした。

儚い客人たちの物語——。

よし、これで書ける。

そそくさと先生に「では、また」と一礼し、しっぽを――その一行を――ポケットに温めながら桜木町駅まで足早に歩いた。

駅向こうの、それこそ夢のような大観覧車を見届け、東横の「横」から「東」に帰還して、午後九時の渋谷駅の雑踏に到着した。

と、その途端、たしかにポケットにしまったはずのしっぽが消えてなくなっていることに気づいた。握りしめているのは、二百九十円の切符ばかり。

馬車はかぼちゃに戻される。

それが物語の鉄則なのだった。

3

それでも懲りずに三十五分の時差を味わいたくて横浜に通いつづけた。

「食堂ではなく、人を書きたい」

先生にはそう言ったのに、私はひとけのない場所ばかり歩きまわり、ある冬の夕方、物音ひとつしない路地で奇妙な看板を見つけたのである。

〈小さな冬の博物館〉

矢印で示された方角を見ると、思いがけなく重厚な建物が周囲のビルに隠されてあり、そろそろ夕方になろうかという冬の陽が斜めに赤く射していた。

建物の玄関に立って中を覗いても、何ら人の気配はない。入口はクラシックなつくりの回転扉で、押してみると、苦しげに「キイキイ」と音をたてて回転する。中へ入ったものかどうか、「キイキイ」と繰り返すうち、不意にあたりの空気が巻き込まれて、建物に搦めとられるように中へ吸い寄せられた。

夕陽に目がくらんでいたのか、やたらと暗く感じられ、古い建物に特有の冷たい匂いが鼻をついた。ロビーか何かの名残りだろうか、目が馴染んでくると、思いのほか広く、靴音が長く影を落とすように響く。

さて、どうしたものか、としばらく佇んでいたが、そのうち、目の前の暗がりに奥へとつながる廊下があることに気がついた。目をこらすと、つきあたりにぼんやりと灯りが見える。

それが、あの「食堂」の灯りに見えた。

迷わず灯りに向かって歩いていく。意外に長い廊下だった。長い上に暗く、しかし、その暗さには、どことなく親密なものがある。

つきあたりにたどり着くと、そこに重厚な扉が待ち受けていて、磨りガラスごしに中の灯りがぼかされていた。扉の脇には銅板のプレートが取りつけられ、ごく控えめに、

〈小さな冬の博物館〉と打たれている。

扉を押すと、やわらかい光が廊下に滲み出してきた。中は程よい広さながら天井が高く、四方はすべて白い壁で囲まれ、すべての壁に何かが行儀よく並んでいる。私の他にはどうやら誰もいないようだった。

壁に近づいて並んでいるものを確かめると、それはごく普通のドアノブで、白い壁の同じ高さに整然と取りつけられていた。数えてみると三十個――そのどれにも細長い紙のシートがぶら下がっている。

〈Don't Disturb, Please　起こさないでください〉

ホテルで使われているメッセージ・シートで、いずれも細かい英字——詩のようなものだろうか——がペンで書き込まれていた。ざっと見た限り、展示品の解説らしきものは見当たらない。

どれを見ても、〈起こさないでください〉とあるのが、奇妙にして愉快だった。

4

そのビルは冬が終わるころには解体され、伝え聞いたところでは、ビルのオーナーが冬のあいだの二ヵ月間だけ、建物の一部を博物館の展示室にと思いついたもののようだった。

後日、ゴンベン先生に電話で訊ねてみたところ、

「それなら私も見たよ。あれは言ってみれば、ジュールズ・バーンの回顧展だな」

「ジュールズ・バーン？」

私はその名を知らなかった。

「知らないかな。イギリスの作家でね、たった一作だけ発表して雲隠れしてしまった。ホテルを渡り歩いて膨大な未発表作品を書き残したんだが——」

「亡くなった？」

「いや、消息不明というやつでね、生きているのか死んじまったのか、いまのところは分からない。それにしても、君もまた妙なものに引っかかったねぇ」

先生の話を聞いてさらに興味が深まり、自分なりに調べてみたところ、次のようなことが分かった。

いくつかの文献をつなぎ合わせて文学辞典風に記してみたい——。

ジュールズ・バーン　Jules Barn

一九三二年、イギリス植民地時代のセイロン島に生まれる。

「紅茶の産湯《うぶゆ》につかった」と半自伝的小説『イースター・エッグの目玉焼き』に書いているとおり、彼の父はコロンボで紅茶の農園を営んでいた。第二次世界大戦後、両親と共にイギリスに帰国し、大学在学中に書いた長編小説『Glimmer（ほのかな光）』（1953）で、一躍、内外の注目を集めた。以降、住居を定めず世界中のホテルを渡り歩き、ほとんど人前に姿をあらわすことがなくなった。ホテルのドアノブには〈Don't Disturb, Please（起こさないでください）〉というペーパー・シートがかけられたままで、担当編集者ですら彼の顔を見ていない。

ひたすらホテルの部屋に閉じこもって小説を書きつづけ、そのうちのいくつかは完成していたが、「作品はすべて死後に発表する」と公言して、いずれの出版社ともそう取り決められていた。そのような条件が承諾されるくらい彼の新作に寄せられる期待は大きく、いくつかの国で、「新作」と称した海賊版が出回るほどだった（ただし、それらのほとんどは偽作であると言われている）。

彼は自らを「ホテル・ライター」と称し、ホテルに備え付けのメモパッドや便箋を原稿用紙の代わりにしていた。ときには、ドアノブのペーパー・シートにも短い散文詩が記され、「いつか、それらを束ねて一冊の本にしたい」とエッセイに書いている。

一九九八年ごろから消息不明になり、生死が確認されないまま現在に至っている。

某編集者によれば、あるときからひとつながりの作品に集中して取り組んでいたが、結局、いくつかのメモを残しただけで消息を絶ってしまったため、その全貌は明らかになっていない。

ちなみに、その連作のタイトルは『The Continuing Story of Finger Bowl（フィンガーボウルの話のつづき）』で、メモの多くは六桁あるいは七桁の数字だけが列挙されていた。

バーンは日本にも長く滞在したことがあり、そのとき宿泊していた横浜のホテルの残骸があの建物であることも判明した。おそらく、ホテルのオーナーは長期滞在の怪しげな英国人が高名な作家であることを見抜いていたのだろう。でなければ、バーンの部屋の〈Don't Disturb, Please〉を保管しておくはずがない。

おかしな話だが、〈物語のしっぽ〉を探しあぐねていた私がつかんだのは、やはり物語を探しあぐねた作家のしっぽだった。

もっとも、この謎めいた作家のしっぽをつかまえようとしている研究者は世界中にいるのだが、彼らが著わしたバーンの研究書は推測の域を出ないものが多く、そこかしこにクエスチョン・マークが続出していた。

私はそれらの研究書を読めば読むほど、彼らが連発する「?」が、あのドアノブにぶら下がったペーパー・シートに見えた。

白い壁に並んだいくつもの「?」——。

それに答えるバーンの言葉は、「Don't Disturb, Please」の一行のみだったが、多くの研究者が「?」としていた中に気になるものがあった。「未完の連作」のメモとして残された六桁あるいは七桁の数字のうち、「頭にAが付いているものと付いていないものがある」と追記した研究書があったのだ。

その法則に覚えがあった。

もし、ヒントがなければ気づかなかったろうが、バーンが構想していた連作のタイトルそのものがヒントになっていた。

『The Continuing Story of Finger Bowl』

これによく似たタイトルがビートルズの曲のタイトルにある。それは、

『The Continuing Story of Bungalow Bill』といって、その曲が収録されているレコードは通称〈ホワイト・アルバム〉と呼ばれている二枚組のLPである。ジャケットが真っ白であることからそう呼ばれているこのレコードの初版には、六桁あるいは七桁の通し番号が振ってあった。

私はビートルズのマニアというほどではないが、ひととおりのことは知っておきたくて、本棚には彼らに関する本が何冊か並んでいる。

『全世界公式盤　ザ・ビートルズ・アルバム・ビジュアル・ブック』はそのうちの一冊で、タイトルどおり、世界各国で発売されたビートルズのアルバムに関するデータを写真入りで詳細に解説した労作である。この本の九十八ページ、〈ホワイト・アルバム〉の項に次のようなコラムがある。

真っ白なジャケット。タイトルも白く浮き彫りにし、初回プレスには限定番号が打たれた。限定番号の法則は国によってまちまちで、イギリスでは7けたの数字、アメリカではアルファベットの「A」に続く7けたの数字、日本では「A」に続く6

けたの数字などとなっている。

もちろん、まったくの偶然ということも考えられる。しかし、「A」の有無といい、タイトルの共通性といい、いくつかの符合が重なり合うのは見逃せない。

ただ、バーン氏がメモに記していたものが、ビートルズの〈ホワイト・アルバム〉の限定番号だったとして、それが彼の構想していた小説にどう結びついていたかは解読不能だった。

となれば、かくいう私もまた「?」マークをドアノブにかけておくよりほかないのだが——。


部屋の隅に追いやられたレコード・ラックの前に立ち、ビートルズのアルバムが並ぶコーナーを探って、あっさりと〈ホワイト・アルバム〉を見つけ出した。はるか昔、中学生のころに買ったものである。

このごろは、もっぱらCDで聴いているので、そのLPレコードには何年も針をおろしていなかった。あらためて手に取ってみると、たしかに表も裏も潔く真っ白で、当時のレコード・ジャケットとしては際立って斬新であったに違いない。

表側は真っ白な中に小さく〈The BEATLES〉というタイトルが浮き彫りであしらわれ、その右下に濃いグレーのインクで番号が打たれていた。

〈No.A025036〉

それが私の番号だった。これまで自分の〈ホワイト・アルバム〉が何番であるかなど気にかけたこともなかったが、その番号はどうやら全世界で唯一の番号で、その番号の打たれた〈ホワイト・アルバム〉を所有しているのは世界で私ひとりであるようだった。

〈No.A025036〉

はたして、ジュールズ・バーン氏のメモにはどんな番号が記してあったのだろう。まさか、そこに私の番号が記されてはいないだろうが、(いや、あるいはもしかして)とおかしな期待が立ち上がった。

そこに、思わぬ「物語のしっぽ」があるかもしれない——。

いずれにせよ、つかんだ「しっぽ」は、いつでも三十五分で消え去っていたが、〈No.

A025036〉ということの番号ばかりは私のレコードにしっかり刻印されていた。

「というわけなんです」

何日かして、ゴンベン先生に「しっぽ」の報告をしたのだが、そのときは串焼きの煙から離れて先生の研究室へ〈ホワイト・アルバム〉を持参して伺った。

「ビートルズか。懐かしいね」

先生の世代はリアルタイムにビートルズを聴いていた世代の「ちょっと、兄貴分くらいの感じだった」という。

「でも、若ぶって、よく聴いたもんだよ。いまでもときどき思い出して聴くけど、この白いアルバムは残念ながら持ってない」

「そうですか――」

「もし、この通し番号が君の言うとおりバーン氏のメモにつながるのなら、なかなか鋭い発見になるかもしれないね。バーンの研究者たちはきっと飛びついてくる。私だって、じつに興味深い」

「バーンはこのアルバムが発表された一九六八年には三十六歳でした。そのあたりから世界中のホテルを転々とし始めたようです」

「なるほど。たしかに何らかの関連が見つかりそうだけど——吉田君ね」

「はい」

「食堂はどこへ行ってしまったんだろう？　君が見つけようとしていたのは謎の作家の物語ではなく、たしか世界の果てにある食堂の話ではなかったかね」

「ええ、それはまぁそうなんですが、バーンの構想していた連作のタイトルが——」

「『フィンガーボウルの話のつづき』といったっけ？」

「ええ。フィンガーボウルです。フィンガーボウルって、食堂のテーブルにあらわれるものですよね」

「なるほど」

「何かつながりがあるんじゃないかと」

「さて」と先生はしばし沈黙し、ただ白いばかりのレコード・ジャケットを手にして、じっと見ていた。

「それにしても、なんという白さだろうな」

そのとおりだった。私はこの「白」がそれぞれに番号を持ち、世界中のレコード・ラックにひっそりとおさまっているのを想像して、頭がくらくらしてきた。世界中の部屋の片隅に、この白い怪物のしっぽが潜んでいるのだ。

それは、依然として「物語」が書き出されない原稿用紙の白さによく似ていた。

まぶしく、

謎めいて、

哀しくて、

希望に充ちて。

フィンガーボウルの話のつづき・3

ジョン・レノンを待たせた男

No.1885423

ときどき、叔父さんのアパートを思い出す。小さな部屋が寄り集まった蜂の巣のようなアパートで、子供のころは狭くてごちゃごちゃした叔父さんの部屋へ遊びに行くのが何よりの楽しみだった。ときには母と一緒に、そして、しばしば一人で訪れた。

ドアをノックすると、「あいとる、あいとる」と声が返ってくる。中に入ると、いつもコーヒーの香りがした。叔父さんが「生涯の相棒」と呼んだメルヴィル社製のエスプレッソ・マシーンを「シューッ」といわせ、年がら年中、いれたてのコーヒーがテーブルの上に載っていた。そのコーヒー・マシーンが、おそらく部屋の中にある最も高価なもので、あとはガラクタばかり。でも、それがよかった。

壁いっぱいに並んだ本。「エロ本さ」と叔父さんは言うけれど、いま思えば、セリーヌだのプルーストだのといった名前があった。レコードも山ほど。見たことも聞いたこともないおかしなジャケットの三十センチアルバムが、ひしゃげたように並んでいた。〈パパン・レコード〉という行きつけの中古盤屋があるらしく、そこで「タダ同然」で買ってくるのだという。

あとはもう混沌に次ぐ混沌――。

床やベッドやテーブルのあちらこちらに訳の分からないものが転がっていた。六〇年代の古雑誌、使用済み切手が詰まったビニール袋、薄紫色のペイズリー模様が入った女もののシャツ。駒が十六個も欠けたチェスのセット――。

「全部ゴミだよ。街に立っていると、いろんなものが向こうから引っついてくる」

叔父さんの職業はサンドイッチマンで、一日中、街に立っている仕事だった。それを何十年もつづけていた。

「おい坊主、お前さんもシューッっていうやつ、飲むか」

いつまでたっても子供あつかいだった。でも、たしかに叔父さんに比べれば誰もがまだほんの子供で、叔父さんの部屋にある細々したものを眺めていると、世界にはまだ知らないことが無限にあると思えた。シューッとやる飲み物も叔父さんのところではじめて味わった。やたらに黒くて、とびきり苦かった。それに、かならず決まって小さな皿に載った石みたいに固いビスケットが一緒に出てくる。

「ちと固いがな、味はいい」

叔父さんはそう言って、鼻の脇のほくろを人差し指で撫でた。それが癖だった。ビスケットは本当に固く、いつ食べても歯が立たない。無理をして、前歯を折ってしまったことがあった。

「やわな歯だ」

叔父さんは抜け落ちた歯をしげしげと眺めた。

「ガキの歯だな。こんなものはきれいさっぱり抜けちまった方がいい」

叔父さんはニッとやって自分の歯を見せた。煙草とコーヒーに染められた茶色い歯だ。

「見てみい。これが大人の歯だ。泣くな、坊主。お前さんにも、いまにこういう立派な歯が生えてくる」

叔父さんは抜けた歯を水で洗うと、そこらへんにあったマッチ箱の中身を捨てて、代わりに新聞を細かくちぎったのを敷きつめた。抜け落ちた小さな歯を太い指でつまみ、その上に、そろそろと置いて神妙な顔になった。

「これは俺が預かっておくとしよう」

机の引き出しに大切そうにしまいこんだ。

机の上には電話があり、ときどきけたたましく鳴り響くと、叔父さんは顔をしかめて受話器を取った。相手の話を聞き、「ああ、あれはもうない」と低い声で応える。

「とにかくもうない。また来月、電話してくれないか」

いつも、ぶっきらぼうに電話を切った。

叔父さんはサンドイッチマンだったので、ときどき街なかで見かけることがあった。見かけるたび、ぶら下げた看板が違っている。

〈本日開店、他のどこよりも旨いホットドッグ〉

〈セール！　ありとあらゆるスケート靴あります〉

大きな文字が躍る色とりどりのベニヤ板から叔父さんの顔が突き出ていた。いつも山高帽をかぶっていて、だぶだぶした上着のポケットに革表紙の手帳を一冊入れている。何か思いつくと、ちびくれた鉛筆の先を舐めて書きつけていた。

「何を書いているの」と訊くと、

「昔のことだ。思い出したときに書いとかないと、二度と思い出せなくなる」

そそくさと手帳をポケットに戻した。誰にも見せなかった。

叔父さんは若いとき売れない役者だったらしい。売れなくて、サンドイッチマンを始め、それが長くつづいて本業になった。昔のことはよく知らない。唯一、聞いたことがあるのは、いつものように街に立っていたら、通りの向こうからジョン・レノンが歩いてきたという話だ。叔父さんはその話を少なくとも十五回は話してくれた。

「本物のジョン・レノンだぞ。黒くて長いコートを着てた。あの丸眼鏡でな。そんとき、たまたま〈パパン〉で買ったレコードを何枚か持っていて、そのうちの一枚が偶然ビートルズだった。あの真っ白なジャケットのやつだ。俺は普段ビートルズのレコードなんて買わんのだがね、そんときは何故《なぜ》かそれが欲しくなって買ってあった。奇跡を信じたね。もちろん、そいつにサインしてもらおうと思ってミスター・レノンを呼びとめた。ただ、いつもの習慣で、仕事のあいだはレコードを角の煙草屋で預かってもらってた。だから、ちょっとのあいだ、ミスター・レノンに待ってもらって、煙草屋までレコードを取りに走ったんだ。二分くらいかかったな。でも、レノンはちゃんと俺を待っていて、サインをしてくれた。いまでも大事に持ってるよ。信じられんだろう。世界広しといえども、ジョン・レノンを待たせた男は俺ひとりぐらいだよ」

叔父さんが亡くなったのは雪の降る静かな朝だった。風邪をこじらせ、肺炎になってあっけなく逝ってしまった。アパートの部屋のガラクタに囲まれてひとり逝ったらしい。テーブルの上には冷たくなったコーヒーが残っていた。

「まったくもって、おかしな男だったよ」

葬儀の席で誰かが言っていた。

「最近は仕事もなくて、昔の古看板を背負って街に立っていたそうだ」

皆、黙っていた。

別れを告げるとき、叔父さんのポケットにあった革の手帳を棺の中に忍び込ませた。

あの世に行った叔父さんが昔のことを思い出せなかったら寂しいだろうと思ったからだ。棺に収める前に手帳の中を覗いてみたけれど、とても判読できそうにないクセ字がみっしり詰まっていた。

あとには部屋いっぱいのガラクタだけが残った。

「やれやれ、こいつを整理するのかい」と誰かがため息をついた。

（おい！）と僕は叫びたかった。驚いちゃいけないぞ、この中にはジョン・レノンのサインが書かれたレコードが隠されている。石みたいに固くなったビスケットだってあるし、折れた前歯をしまい込んだマッチ箱だってある！

そう思った途端、あの小さな歯が抜け落ちてしまったときの、なんとも心もとない欠落感が口の中によみがえった。

思わず、舌で歯をなぞった。

叔父さんが言っていた「大人の歯」が、いまはもうそこにあった。

フィンガーボウルの話のつづき・4

シシリアン・ソルトの効用

No.A025036

1

塩の重さに手がしびれていた。
ただの塩ではないらしい――。
〈シシリアン・ソルト〉
そう教えられたが、シシリアンだろうがナポリタンだろうが、所詮、塩は塩だろう。
背負うほど持たされたら、手がしびれて当然である。
背負って歩くは横浜の野毛町。冬の終わりの午後六時――。
いただいてきたのは塩のみならず、ひさしぶりの原稿依頼で、塩はついでに背負わされたおみやげに過ぎなかった。

依頼主は〈バディ・ホリー商會〉といって、横浜では古くから名が通ったスパイス専門の輸入卸会社である。横浜で名が通っていると言われても、東京暮らしの私は聞いたことがない。聞いたことはなかったが、

「スパイス一筋、横浜〈バディ・ホリー商會〉と申します」

などと電話口で名乗られたら、話の先を聞かずにいられなかった。

聞いてみれば、「原稿を書いてほしい」とのこと。「ついては、一度お会いして」と言うので、「横浜なら、ちょくちょく散歩に行きますから」と気安く応えてしまったのが運の尽きだった。

しかし、どうしてまたスパイス屋が私などに原稿を依頼してくるのだろう。

さて、と腕を組んだときには、ファックスから〈バディ・ホリー商會〉の所在地を示した地図が流れ出し、詳細な地図の余白に、「お待ちしています。広報担当・十文字」とあった。電話の声は明らかに男性だったが、手書きで記された文字はどことなく女性的でしなやかに見えた。

「PR誌というやつでしてね、私どもとしましては、わが社をPRするというより、スパイスそのもの――香辛料というものが持っている奥深い魅力を消費者の方々に知っていただきたいのです」

十文字氏はそう言って、細長い十本の指を組み合わせた。

私は〈バディ・ホリー商會〉の応接間で、商會が発行している〈タイニー・ボム〉なる小冊子を手にしていた。

地図を頼りに行きついた〈商會〉の社屋は、なんとも古めかしくのどかな佇まいだったが、そのPR誌は書店に置かれても何ら見劣りのしない立派なものだった。月一回の発行で、すでに「№.24」をカウントしている。巻頭には「シシリアン・ソルトの効用」なる特集が組まれ、料理研究家のエッセイやコラムがつづいたあとに、「スパイスの博物誌」や「香辛料奇譚《きたん》」といった連載が並んでいた。私のようにスパイスに何の関心がなくても、バラエティーに富んだ退屈しない内容になっている。

とはいえ、私のような門外漢に何を書けというのだろう。

「いえ、それはもう、なんでも結構なのです」

十文字氏の答えはあっさりしたものだった。

「できましたら短編小説などをお願いしたいのですが、かといって、スパイスをテーマに、ということではありません。お好きなものをお書きになられて構わないのです。いえ、じつを言いますとね、私こう見えて、若いときに文学を志したことがありまして――なんというか、これは今もって変わらないんですが、とにかく私、この世のあらゆることに文学を感じてしまうんです」

十文字氏は目をつむっていた。

「たとえばです、たとえばここへ出勤してくるのにバス停でバスを待つんですが、そのバス停がたまらなく文学だと思うのです。そこに並んでいる人たちのひとりひとりが文学的ですし、何人かの客を乗せて到着したバスがこれまた文学的です。バスの窓から見える風景は目もくらむほどの文学の連続ですし、バスの中に射し込む陽の光は、もう、何と言ったらいいのでしょう――」

はたして、この人の日記は何ページになるのだろう。大体、そんなにも文学に充ちた日々を送っているのなら、十文字氏自らが小説を書いて掲載すればいいのでは。

「いえ、それはいけません。私には分かっています。私は結局のところ、それをどのように書いたらいいのか分からんのです」

それは私が日記に書きとめておくべき言葉だった。

「とにかくお願いします。締め切りは一ヵ月後で、枚数は自由です。さっと読める掌篇でもいいですし、どこまでもつづく長編でも構いません。なにしろ、こういう雑誌ですから、誌面はどうにでもなるんです。分載、連載、いずれも歓迎です」

それにしても物書きというのは不思議な仕事である。東京の仕事場から三十五分の逃走をつづけていたつもりが、いつのまにか、逃亡の地で仕事を依頼されていた。それも、おかしな名前のスパイス問屋からの依頼である。

私はあらためて〈タイニー・ボムNo.24〉を手にし、「特集＝シシリアン・ソルトの効用」のページをめくってみた。私はそもそも、シシリアン・ソルトがいかなるものかまるで知らなかった。

「興味がおありですか」

十文字氏は私の顔と誌面とを代わる代わる覗き込んでいた。

「いえ――」

「うちのシシリアン・ソルトは本当に極上のものを仕入れています。いい塩ですよ。少し甘くて、ずしりと重くて」

「重い？　重いのがいい塩なんですか」

「ええ、〈塩の効用〉と言いましても、いろいろありましてね、かならずしもキッチンにおける効用だけではないんです。たとえば、このソルトをバスタブの湯に溶かし入れると体が軽くなるんです。湯の方がぐんと重くなりましてね。海と同じです。いいものですよ。浮遊感が得られます。自分が自分でなくなる感じというか、ものすごく文学的でして。あ、いえ、もちろんキッチンでもご活用いただけます。私もこれを使って、あらためて塩の旨さに目覚めました。どうです？　少しお持ちになって試してみますか」

こちらが答える間もなく十文字氏は別室に姿を消し、しばらくすると、それを抱えて戻ってきた。

「いい重さです」

そんなことを言っている。

両手で抱えるほどの大袋入りで、おそらく私がキッチンで使う一生分はあった。「試してみますか」の意味はバスタブの方であったのかと気づいたが、時すでに遅しである。

「では、原稿をお待ちしています」

十文字氏の声と異様に重い塩袋を背負い、（さて一体、自分は何をやっているのか）と息を切らしながら駅まで歩いた。

そもそも帰り道というものは、ただでさえ長く感じられるものだが、塩を背負って帰る三十五分はいつもの倍くらいに引き伸ばされていた。もはや体の中の塩はすべて汗となり、帰宅して玄関に倒れ込むなり、塩の袋を枕にして天井を仰いだ。

〈シシリアン・ソルトの効用〉その1――枕にもなる。

後頭部に当たる袋ごしのざらついた感触に十文字氏の言葉が思い出される。

「私は結局のところ、それをどのように書いたらいいのか分からんのです」

そうだとも、そんなことは私にだって分からない。

ざらついた頭の下に手を差し入れると、どこからこぼれ出たのか、白く透明な結晶が指先にまとわりついてきた。

きらきらしている。

舐めてみた。

味はどうか――。

もちろん、しょっぱい！

2

そんなことはあったものの、結局、私は依然として「世界の果てにある食堂の物語」を書き出せずにいた。

およそ書くことは決まっているのである。しかし、それをどのような構成で、どんなふうに書いていけばいいのか分からない。

その一方で、ジュールズ・バーンという謎めいた作家のしっぽをつかんでしまったことが、靴の中に紛れ込んだ小石のように気にかかっていた。

というのも、彼が「書こうとしていた」――あるいは「書いていた」――『フィンガーボウルの話のつづき』という表題が、私の書こうとしている食堂の物語のタイトルに、うってつけだったからである。


「それは具体的に言うとどういう意味なんだね」

いつもの串焼き屋でゴンベン先生は煙にまみれて黒ビールをすすっていた。

「いえ、なんとなくなんですが――」

私は世界一歯切れが悪かったと思う。

「ふうむ」

先生は眉をひそめ、「あのな、吉田君」と戒めるように声を低くした。

「なんとなく、などと言っている輩《やから》に限って、なんとなくではないものなんだ」

話の途中で先生は「豚の串焼き！」と声を張り上げて注文し、すぐにまた眉をひそめて声を落とした。

「このあいだも君はテーブルがどうしたこうしたと言ってた。フィンガーボウルは食堂のテーブルの上にあらわれるものだと。しかし、そうして無理にでもふたつを結びつけるのは、君なりになんらかの共通するイメージを感じているからではないのかね」

そこまで言われてしまったら白状するしかない。本当を言うと、あまりに拙い発想だったので、誰にも言わずにおきたかったのだが――、

「それはですね」

考えあぐねていたことを先生に話してしまった。

「つまりその、世界の果ての食堂にも、ふたつみっつはフィンガーボウルがあるだろうと思うんです。昔から使ってきた少し端のところが欠けているような――」

「ふむ」

「で、そのフィンガーボウルが読者に向けて話し始めるわけです。自分のことではなく、客人たちの話を」

「ほう。吾輩はフィンガーボウルである、というわけか」

「ええ。ただし、フィンガーボウルは猫と違って目も耳も鼻もありません。そこで、こ

ういう設定にしたらどうかと思いついたんです。つまり、フィンガーボウルは自らに充たされた水を通して客人たちの物語を読みとることができる、と」

「水を通して？」

「はい。食堂を訪れた客人たちがボウルの水に指を浸すわけです。そのとき、ボウルはその指を読むんです。指からその人の思いや記憶を一瞬にして吸収してしまう」

「ほう」

「で、その吸収したものを、一人の客人につき、ひとつの物語として書き起こしていくんです。そうすれば、自然と〈客人たちの物語〉が生まれます。言ってみれば、フィンガーボウルを通して語られる連作ということになるんですが、ひとつひとつの物語はそう長いものではありません。それはちょうど、ボウルの水に指が浸されるほどの時間で語り終わり、しばらくして、また別の客人の指が浸されて語り始める——」

「なるほど」

「どうでしょうか」

「どうでしょうか、って、そこまで考えがまとまっているなら、あとはもう書くだけじゃないか。何も迷うことなどなかろうて」

店内に漂う煙の奥から注文した豚の串焼きがあらわれ、先生は顔をテカらせながら、「とんがらしはどこだ?」と、うろうろ探し始めた。隣のそのまた隣のテーブルまで探しまわり、「あったぞ」と持ち帰ったのを、たっぷり振りかけて勢いよくかじりついた。もちろん、かじりつきながらも講釈はつづいている。

「それともあれか、何か気がかりなことでもあるのか」

「いえ、そうではないんですが、じつはこのあいだ、思いがけない原稿依頼が飛び込んできまして」

「原稿の依頼? ほう。それはもしかして、これかね?」

先生は手もとに置いた「とんがらし」を、目の高さに持ち上げて小さく振ってみせた。

「あれ、もしかして、あの〈バディ・ホリー商會〉というのは、先生の――」

「いや、たまたまこの店で隣り合わせたんだよ。あの十文字とかいう男にね。で、話しているうち文学談義になって、いつのまにか君の話になった」

「そういうことだったんですか、どうもおかしいと思ったんです」

「いや、いい機会じゃないか。あまり人目に触れる雑誌じゃないだろうが、それならそれで好き勝手ができる。な？　いま話したフィンガーボウルの話を書いてもいいし、それとは別の何かを書いたっていい」

それはそのとおりだった。ただ、そもそも「食堂の物語」は書き下ろしの単行本として企画されているものなので、やはり、〈タイニー・ボム〉には別のアイディアで書くのが順当かもしれない。

先生には内緒にしていたが、じつは別のアイディアがないわけでもなかった。


ジュールズ・バーン氏が残したメモが、ビートルズの〈ホワイト・アルバム〉に打たれた番号だったのではないかという推測は、あれから私の中で少しずつ発展していた。

友人、知人、あるいは見知らぬ人まで、とにかく会う人すべてに、「ビートルズの〈ホワイト・アルバム〉を持っていますか」と訊いてまわったのだ。

「たしか持ってるよ」という人は結構いて、「もう、ずいぶん長いこと聴いてない」という人が大半だった。

「CDなら持ってる」という人も沢山いて、彼らの話からCDの初回プレスにも通し番号が入っていたことが明らかになった。

「あれはいいアルバムだよ」「昔、よく聴いたな」「本当に擦り切れるまで聴いたよ」「あれが原点だね」「あそこにはすべてが詰まってた」

私が訊くまでもなく、皆、口々に〈ホワイト・アルバム〉についての感想、批評、意見、思い出話——その他もろもろを話してくれた。

面白いのは、皆、ひとしきり話したあとに、

「やっぱりジャケットが真っ白っていうのがね」

と付け加えることだった。そのあとには、「いいよね」「美しいよね」「泣けるよ」「すごい」「怖い」「潔い」「カッコイイ」と、さまざまな言葉がつづいたが、中には、「白」という色について論じたり、「空白」や「白紙」といったものに言及する人もあった。

さすがにビートルズは世界中の誰もが知っていて、横浜のカフェで隣り合わせたイギリスからの留学生は、サンドイッチマンをしていた叔父さんが仕事中にジョン・レノンからサインをもらったという話を披露してくれた。

私は彼らのそんな話をノートに書きとめ、もし覚えていたら、通し番号が何番であるかも訊いておくことにした。覚えていなかったときは――誰もそんなことは覚えていなかったが――あとで調べて教えてもらったり、適当な番号を誂《あつら》えておいたりした。

そうして集めた番号を一枚のメモ用紙に書き並べてみると、それは当然のようにジョールズ・バーン氏の残したメモとそっくり同じになった。

かくして推測は確信に近づきつつある――。

もちろん、新たな推測も次々と浮上したのだが、それらが示すことはただひとつ――すなわち、バーン氏も私と同じように「彼ら」の話を聞いてまわったのではないかということだ。

ただし、バーン氏の取材は身のまわりの「彼ら」にのみ留まることなく、おそらくは、世界中の「彼ら」に及んだのだろう。

あるいは、バーン氏の取材はいまもなおつづいているとも考えられる。

「あなたはビートルズの〈ホワイト・アルバム〉を持っていますか」

どこかこの世界の片隅で、いまもその質問を繰り返しているかもしれない。

3

それからの一ヵ月はまたたく間に過ぎ、スケジュール表を確かめるまでもなく、〈タイニー・ボム〉の締め切りが迫っていた。机の上にひろげられた白い原稿用紙を眺めていると、それが塩の枕に見えて仕方ない。力士は塩を舐めて闘志を燃やすけれど、文士が塩を舐めるのは酒のつまみがないときだけだ。

思えば、あんなに苦労して持ち帰った塩なのに、枕になったきり袋の中で眠ったままだった。まだ晩酌の時間ではないが、そろそろ封印を解いてもいいだろう。

ずしりと重い塩袋を机の上に載せ、袋口をひらいて、ひとつかみばかり原稿用紙の上にばらまいてみた。厨房に近寄らない男子は、つくづく塩を眺めることがそうそうない。ましてやシシリアン・ソルト、異国の塩である。辞書の文字を拾う虫眼鏡でまじまじと観察してみたところ、その結晶は白い正方形に見えた。

――まるで〈ホワイト・アルバム〉じゃないか。

ジュールズ・バーン氏にそそのかされた頭は、ついついそこへ結びつけてしまう。レンズの中で折り重なるようにして輝く無数の「白」が、いくつもの物語を秘めた書物のページに見えなくもなかった。

それなら、ひとつ試してみようか。酒にはまだ早い時間だから、もちろん風呂だってまだ早い。でもいい。湯を沸かしてしまおう。

十文字氏の言っていたとおり、湯にたっぷりとシシリアン・ソルトを溶かし入れ――ほとんどひと袋まるごと流し入れてかきまわしてみた。

面白いように溶けていく。あの白い正方形がひとつに溶け合って湯を重たくするのだ。

私は裸になり、ゆっくりと――おそるおそる――湯に身を浸した。

おお、軽い。

何だろう、この身の軽さは。

いい湯加減と言うべきか、いい塩加減と言うべきか。湯に持ち上げられるようにして全身が軽々と浮上する。

「自分が自分でなくなる感じです」

十文字氏はそう言っていた。

しかし、自分が自分でなくなったのなら、一体、何になったのだろう。そして、「なくなった自分」の方は、はたしてどうなってしまったのか。

ふと、頭の中に見たこともない部屋の様子が浮かんできた。たぶん、塩の重さと引き換えに浮かんできたのだ。

蜂の巣のように入り組んだアパートの一室にコーヒーの湯気が漂っている。私はそれを知っていた。そこはサンドイッチマンの叔父さんの部屋で、いまにもドアをノックする音が聞こえてくる。

物語が始まろうとしていた――。

「ユリーカ！」と叫ぶことはなかったが、急いで風呂から飛び出すと、やけに重たくなった重力を感じながら机に向かってペンを握った。原稿用紙に散らばった塩を払い、『フィンガーボウルの話のつづき』と書きかけたのを消して、『ジョン・レノンを待たせた男』と走り書きした。

それからあとは思いつくまま。夢中になって書き、書き上げたあとで、ふといたずら心が立ち上がって、タイトルの脇に番号を書き添えておいた。

No.1885423

その話をしてくれた英国人の彼が、「いま手もとにないのでうろ覚えだけど」と言いながら教えてくれた〈ホワイト・アルバム〉の通し番号だった。

原稿を読み終えた十文字氏は、「これでいきましょう」と握手をもとめてきた。

「これは連載になると考えていいんですよね。タイトルの横に番号が振ってあります」

「ええ——そうですね」

「では、少しお待ちいただけますか」

答える間もなく十文字氏は姿を消し、しばらくすると、またしても例のものを抱えて戻ってきた。

「いちばん重い塩を背負った者が、いちばん軽やかに浮かび上がるのです」

十文字氏はスーツの裾についた塩をさらさらと払ってそう言った。さすがはバス停に文学を見出す男、いちいち言うことが大げさである。
「軽やかに、この調子でいきましょう」
そう繰り返す彼の声にこちらはうなずくしかない。
塩にほだされ、塩に持ち上げられたのである。
いや、この場合、「持ち上げられた」ではなく、「浮かされた」とでも言うべきか。
とにかく、こうして連載は開始されたのだった。
シシリアン・ソルトの効用で。

フィンガーボウルの話のつづき・5

閑人カフェ

No.A328763

おかしなカフェが横浜の港の方にある。

毎日、午後四時あたりになると、かならずそこへ閑人《ひまじん》たちが集まってくる。

私もそのひとり——。

ちょうどそのくらいの時間にそこへ行き、刷り立ての夕刊をのんびりめくったりするのが、いかにも閑を持て余している感じでいいのだ。

「本日もまた何ごともなし」

そうつぶやいて新聞を閉じ、あくびをしながら、ぬるくなったコーヒーをすする。

港町のカフェということもあって、さまざまな国からやって来た閑人が集まっていた。閑人には優劣も国境もなく、したがって争いも悩みもない。干渉、詮索、いっさいなし。欲望なし、自慢なし、嫉妬なし。世のたいていの人々が夢中になっていることに、まったく興味を示さないのが真の閑人なのである。

「閑だねぇ」

「閑だな」

「なんというか、いよいよ閑だよ」

「閑以外の何ものでもないね」

意味のない会話を交わし、ただ日が暮れるのを待つ――。

ところが、平和というのは常に乱されるものである。

「閑を持て余すなんてことは絶対に許されない」

そう声高に主張する連中があらわれ、〈閑人カフェ〉に集うわれわれの動向をひそかに窺っているようだった。

「気をつけようじゃないか」

「うっかりすると、貴重な閑が奪われるぞ」

われわれは閑人として閑を確保するべく、あくびまじりに結束を固めることになった。閑人というのも、これでけっこう維持が大変なのである。あるいは、この世でもっとも困難なことは、閑を閑のまま確保することなのかもしれない。

「――などと言ってるうちに、すでにこのカフェにはスパイが送り込まれているのかもしれん」

「スパイ？」

「筋金入りの働き者のスパイだ」

それで皆、カフェを念入りに点検し、見慣れない顔を見つけると、こそこそ囁き合って警戒するようになった。本当を言うと、そうした警戒心のようなものが「閑」にほつれを生み、いつのまにか「閑」の天敵である「他人の詮索」に呑まれてしまいかねないのだが。

彼があらわれたのは気持ちよく晴れた十一月のはじめだった。

じつに退屈そうにカフェに入ってきて、面白くもなさそうな顔をしている。

あきらかに日本人の顔つきではなく、雨でもないのにレインコートを着用し、それがまた、しっとりと濡れている印象があった。

「ココアをください」

意外にも流暢《りゅうちょう》な日本語だった。

誰が訊いたわけでもないのに、彼は自分の職業を「詩人です」と小声で述べ、「あくまで自称ですが」とさらに小さな声で付け加えた。〈閑人カフェ〉に集う連中はほぼ全員が「自称詩人」だったので、皆、いっせいに鼻白んで横を向くしかない。

彼は毎日欠かさずやって来て、かならずココアを注文した。たしかに詩人めいてはいて、かならずレインコートを着て、かならずそれはしっとりしている。それでいて、いかにも閑を持て余している感じがあった。

「いや、あいつは絶対にスパイだよ。なにが詩人だ。どこが詩人なんだ?」

皆、自分を棚に上げ、棚の上からそっと覗くように彼の言動に注意を払っていた。

ところが、ただひとり私だけが棚の上へ逃れられず、というのも、彼が定位置に選んだ席が私の定席の隣だったからである。

当然のように彼は話しかけてきた。私は閑人の威厳にかけて、のらりくらりとそれをかわしていたのだが、あの日——彼が突然、レインコートなしであらわれたあの日、つい私は、自分の方から声をかけてしまったのである。

「いや、別人かと思いました」

「皆さん、そう言います」——彼は愉快そうに笑っていた——「なぜでしょう」

「なぜでしょうって、あなた、今日はいつものレインコートを着ていないからですよ」

「ああ、なるほど」

「ああ、なるほどって、どうしたんです？　レインコート」

本当はそんなことどうでもよかったのである。本当なのだ。どうでもよかった——。

「レインコート」

彼が遠くを見るような目でそう言うと、ウエイターが忍び足であらわれ、テーブルの上に音もたてずにココアを置いていった。湯気がクエスチョン・マークのようにたちのぼっている。

「あのレインコートは博物館へ送りました。そのときがきたのです」

ココアを口に運びながら彼はそう言った。

「私の生まれた街に古い博物館があるのです。レインコートのです」

ココアを飲み、遠い目のまま彼はしばらく黙っていた。私もまた黙って息を呑む。それが彼の作戦であると分かっていたからである。

「雨の日だけ開館しているんです」

彼は私の顔を見ないようにしていた。

「晴れている日は休館なんです。晴れた日にレインコートを見学するのは味気ないですからね。それと、大雨の日も休館です」

「大雨の日も?」

「ええ、私の生まれ育った街はとても雨の多いところなのです。それなのに、誰も傘をさしません。昔からのならわしなんです。きっと、いわれがあるんでしょう。で、傘をささないからレインコートを着る。子供から老人まで、誰もがレインコートを着ています。ですから、大雨の日には皆のレインコートから大量の雨がしたたり、博物館の床がすっかり濡れてしまいます。それはもう本当にちょっとした浸水並みなんです。なにしろ、街の住民は閑さえあれば〈レインコート博物館〉に行きますからね。だから、大雨の日は休館で、同じ理由から映画館や図書館も休館になります」

私は黙っていた。あるいは、私は彼がつくった新しい詩の朗読に立ち会っているのかもしれなかったが、状況からして、すべてが罠である可能性の方が高い。

にもかかわらず、

「レインコートを博物館に送ったというのはどういうことなんです？」

そう訊いてしまった。

「たしか、そのときがきたとか？」

「そうです、そのときです」

「というのは、どんなときなんです？」

「しおどきですよ」

彼はカップの中のココアに視線を落として目を細めた。

「引退のしおどきです」

「引退？」

「そうです。すべてのレインコートには引退が必要です。レインコートというのはただの衣服ではないのです。衣服でありながら、衣服であること以上の役割を担っている。いいですか、レインコートというのは服や体を濡らさないためのものです。考えてもみてください、こんな驚きがありますか。だって、そうでしょう。レインコートだって立派な衣服なんです。その衣服であるところのものが、別の衣服を雨から守るのです。偉大なことです。私はこの歴史的事実を学校で学びました。もちろん、両親、祖父、祖母、誰もがレインコートを尊んでいます。偉いのです。分かりますね?」

「――ええ」

「で、何の話でしたっけ」

彼は口もとについたココアを丁寧にハンカチで拭きとった。

「ええと――たしか引退が必要と」

「そう、引退です」彼は大きくうなずいた。「私たちの街では、レインコートを不当に使い古したり擦り切らせたりしてはならないのです。糸がほつれたり防水加工が駄目になるまで着用するなどもってのほかです。いいですか、防水効果のなくなってしまったレインコートほど惨めなものはありません。それはもうただのコートです。レインコートはレインコートのまま、その役割を終えなければなりません」

　彼の目もとが少し引き締まったように見えた。

「ですから、レインコートはそのときがきたらすみやかに引退させてやるんです。最後のアイロンをかけてやり、きちんとたたんで博物館に寄贈します」

「寄贈？」

「ええ、私たちの街では皆そうしています。私の祖父は生涯に十九枚のレインコートを着用しましたが、そのすべてが博物館に寄贈され、いまも大切に保管されています。これは街に生まれた者全員に課せられた決まりなんです。私のように街を出てしまった者も航空便を使って寄贈します」

「寄贈してどうなるんです？」

「年に一度、地区ごとの展示があるんです。祖父の十九枚のレインコートも毎年かならず展示されています。それは祖父の生きた証しなのです。そして、祖父の七十二年の人生に降り注いだすべての雨の歴史でもあります」

彼はココアを飲み干すと、満足そうに「さて」と言って自分の膝を叩いた。

「これからお仕事に？」と訊くと、

「いえ」

立ち上がりながら彼は答えた。

「買い物です。レインコート。新しいのを買わないと」


彼が行ってしまったあと、私はしばらくぼんやりしていた。

彼の生まれた街のことを考えていたのである。

やわらかな雨の降る日に開く〈レインコート博物館〉。

私はいつかそこへ行くことがあるだろうか。私はそこに展示されたレインコートをひとつひとつ検証し、彼の人生に降り注いだ雨の歴史を確かめることになるかもしれない。いや、彼だけでなく、彼の街のすべての人の歴史を――。

「おい、大丈夫か。君、おかしなことを考えていないだろうね」

誰か閑人がやって来て、そっとそんな耳打ちをしていった。口をつけずに冷めてしまったコーヒーがテーブルの上に載っている。

「大丈夫」

私はひとりごとのように答えた。それでいて自分の声ではないような気がする。

頭の中にはやわらかな雨が音もなく降り始めていた。

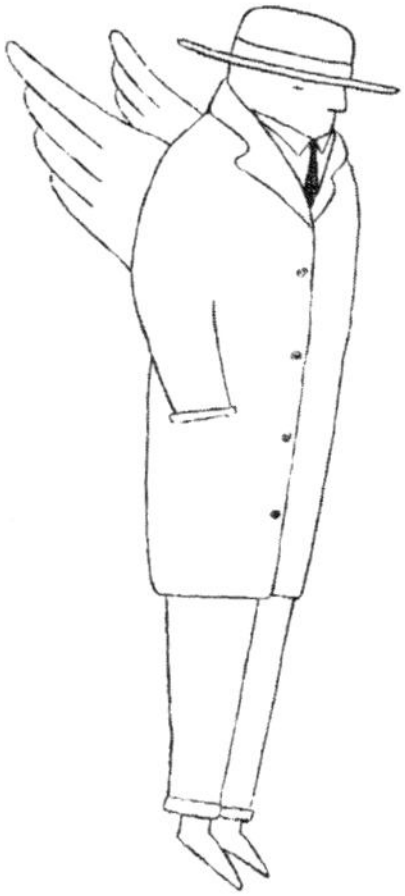

フィンガーボウルの話のつづき・6

私は殺し屋ではない

No.A118696

私は殺し屋ではない。

ところが、私の電話を受けた多くの人があわてふためいて送話口を押さえ、周囲の人たちに話しているのが、くぐもった声で聞こえてくる。

「ねぇ、殺し屋だって。信じられる？　殺し屋が電話してきたのよ」

もう一度言うが、私は殺し屋ではない。

私はただのクロス屋なのだ。

――そろそろ、壁のクロスの張り替えなど御入り用ではないですか。

そうお伺いするために電話をかけているだけである。しかし、

「もしもし、クロス屋ですが」

そう言った途端、電話の向こうが凍りつく。

この世には、「聞き間違い」というものがあるのだ。

その反対に、「言い間違い」というものもある。

しかも、それにまったく気づかないということがある。あきらかに言い間違いをしているのに、本人はそのことにまったく気づかず、本人以外の誰もがそれに気づいている
――そういう状況のことである。

そしてまた、そういう状況を頻繁に引き起こす男がいるのだ。

私である。

「お目にかかれて、栄光です」

そう言ってしまったことがある。

たまたま、クロスの張り替えに行った先が有名な女優の邸宅で、本人を目の前にしてそう言ってしまった。何も間違ってはいないと思っていた。しかし、あとになって、ふと気づいたのだ。

「栄光です」

はっきりそう言ってしまった。「光栄」ではなく「栄光」と。

たしかに彼女は大女優なのだから、数々の「栄光」に包まれてきただろう。しかし、私が自分の「栄光」を表明してどうする?

こういうことは、言ってしまったらもうあとの祭りでどうにもならない。家に帰って、念のため辞書で確認してみたら、こうあった——。

〈**えいこう**［栄光］困難を克服して、大きな事を成し遂げた時の喜び、誇らしさ、高揚した心の状態〉

やはり大げさだったろう。

「ああ」と私は部屋の中で大きな声を出す。

それから気をとりなおして、風呂の掃除をしてみたり、髭の手入れをしてみたり、鉢植えに水をやってみたりする。しかし、ふとしたときに「栄光」が思い出されて、「ああ」と声をあげて頭をかきむしる。

私の人生は、おおむねこんな感じである。こんな感じで、すでに四十年が過ぎた。

ついでに言うと、四十年間、ひとり者で通し、ひとり者であることと「言い間違い」

には何の関連もないと思うが、どうも私は御婦人の前に立つと、頻繁に言葉を取り違えてしまうようなのである。

理由は分かっていた。

父のせいである。父はもうあの世に逝ってしまって久しいが、常に大真面目な顔でおかしなことを口にしていた。

「おそれいり豆です」

これは父の常套句《じょうとうく》のひとつである。どんな場面においても、それを口走った。

「いや、どうもどうも、おそれいり豆です」

なぜか父が言うと、言葉と一緒にあたたかい雲のようなものが浮かび、耳にした誰もが幸福そうに笑っていた。とりわけ、父は女性を幸せにすることが自分の役割とでも思っていたのか、女性の前となると、次々、そんな言葉を繰り出していた。

「わからず屋の、こんこんちきち」

「おっとどっこい、すっとこどっこい」

「当然のとうちゃん、偶然のぐうちゃん」

そんな言語環境の中で育ったので、ときどき、「おそれいります」の場面で、つい「いり豆です」と口走ってしまうことがある。

「や、どうも、こんなことをしていただいては困りますよ、本当に――いや、どうもおそれいり豆です」

ごく当たり前に言ってしまうのだ。誰を笑わせようというのでもない。おまけに、父と違って誰ひとり笑うことなく、「え?」という顔で見返される。

「私どもとしましても、こう見えて、いろいろなラスクを背負っているわけでして」

そう言ってしまったこともあった。もちろん、「リスク」のつもりである。

しかし「ラスク」と言っていた。いろいろなラスク。

このときは相手の御婦人が笑いをこらえていたので気づいたのだが、それはそれで、じつにいたたまれなかった。もっとも、これは私もなんだかおかしくて、自分が「いろいろなラスク」を背負って困り果てている様を思い浮かべていた。

「おい、一体どうするんだよ、こんなにたくさんラスクばっかり」

そうぼやきながら途方に暮れる私――。

クロス屋というのはこれでなかなか味わい深い仕事である。父から引き継ぐときも何の迷いもなかった。一度やってみれば分かる。精神衛生上、非常にいいのだ。たとえば、われわれの仕事は古くなったクロスを剥がすところから始まることが多いのだが、これがまずもって胸がすく。

つづいて、丁寧に壁の汚れを落として、ひたすらフラットにしていくのだが、これもまた、うまくいくとじつにすっきりする。

そして、いよいよ新しいクロスを張るわけだが、とりわけ、白いクロスを張る心地良さは何ものにも代え難い。汚れた世界をまっさらに戻す気分である。しかも、たいていの場合、部屋中すべての壁を張り替えるケースが多いので、なんというか、「神になった思い」とでも言えばいいのだろうか、大げさに言うと「天地創造」である。作業がすべて終了したときの、あのあたり一面が真っ白になった感じ。

最高の一瞬である。

皆、こうすればいいのにと思う。

壁に限らず、ヘビースモーカーの肺を張り替えられたらどんなにいいだろう――。

だから、私は生涯、クロス屋をつづけるつもりでいる。

余計なお世話、と思われても、「いかがですか」と電話でお伺いしたい。

「殺し屋」と聞き間違えられても仕方がない。そう思っている。


「え、殺し屋？」

いきなり荒々しい男の声が受話器の中から飛び出してきた。

「それはまた、いいところに電話をくれたもんだな」

男はそばにいる誰かに囁いていた。

「殺し屋からだよ。ちょうどいいじゃないか」

おいおい、私は殺し屋なんかじゃないんだ――。

「じつは一発、やっつけてほしいやつがあるんだよ」

一発やっつけるって、私は殺し屋じゃないのに――。

「あのな、殺し屋さん」

殺し屋じゃないんだって。

「俺んとこは、もう二十年近く張り替えてない。煙草やら油やらでひどい有様で、この際、ひと思いにやっつけてほしいんだ」

ふう。そういうことか。

「おい、聞いてるのかい、殺し屋さん」

私の聞き間違いだった。

フィンガーボウルの話のつづき・7

その静かな声

No.0334406

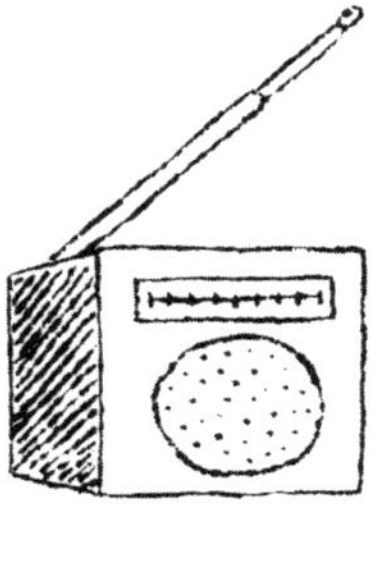

声にさらわれた。声に引き寄せられ、声に呼ばれたのだ。

女性の、もう若くはない落ち着いた声だった。

「親愛なる、夜ふかしの皆様――」

きれいな発音で、そう語り出された。

しばらく耳を傾けるうち、これこそ、わたしが長いあいだ聞きたいと願っていた声であると気がついた。わたしの意識のずっと底の方にあった、静かな声。

ラジオのボリュウムを上げてみた。もっとしっかり聞きたかったのだ。

でも、いくら音量を上げても、その声は「静かな声」のままだった。

旅のあいだ、小さなトランジスタ・ラジオをリュックの底に忍ばせていた。子供のとき、父にねだって買ってもらったものだ。

「女の子がラジオを欲しがるなんて、変わってますな」

電器屋の主人がそう言うのを、父は複雑な面持ちで聞き流していた。

わたしはたしかに変わった女の子だったと思う。でも、本当のことを言うと、わたしが欲しかったのはラジオではなく声だったのだと、あとになって気がついた。

夜に小さな音で耳にする見知らぬ人の声――。

それは、この歳になっても変わることなく、わたしは旅のあいだ中、その土地の深夜放送を聴くのをささやかな楽しみにしていた。


旅はじきに二ヵ月になろうとしていた。

北側の海べりに沿って、ときに国境を越えて、いくつかの町を渡り歩いてきた。

急がない旅にしようと決めていた。自分の歩幅を考え、予定を決めず自由気ままに地図をひろげる。小さな活字で打たれた知らない町の名をたどたどしく発音し、その響き具合で次の目的地を決める。そんなふうにつづけてきた旅だったので、寄り道は恒常的に繰り返され、目的地にたどり着くのが夜おそくになってしまうことも度々だった。

そうなると、宿で荷をほどき、シャワーを浴びて食事をとったら、あとはベッドにもぐりこむだけになる。

――なんて、ちくちくする毛布だろ。

ぼやきながら、ひとりで聴き入るラジオの声が、その町できちんと向き合う最初の声になることが多かった。

ときには、海を渡ってくる聞き慣れない言葉を拾うこともある。

あるいは、いくらチューニングのつまみを回してもノイズだけしか拾えないこともあり、そんな夜はことさら長く寒く感じられた。

でも、たいていの場合、その町のどこかから送信されている地元の放送を耳にすることができた。

もし、少しばかり大きな町で、受信可能な放送局がいくつかあるとき、わたしはなるべく静かな声を選ぶことにしていた。これは子供のときからの習慣で、にぎやかな音楽が流れるものより、マイクに向かう人が普通に喋っている声を聴きたかった。できれば、声の持ち主の体温を感じられるようなものがいい。

そのわずかな体温にくるまれて、いつのまにか睡魔に引き込まれる。

いつでもわたしはラジオをつけたまま眠りに落ちた。

ところが、その静かな女性の声は決してわたしを眠りに誘うことがなかった。

「親愛なる、夜ふかしの皆様。こちらは気まぐれな〈六月の月放送局〉です。とてもささやかな電波で放送しています。あるいは、この声はどこにも届いていないのかもしれません。でも、それでもいいんです。誰かひとりでも聴いていてくれたらいいのですが、とにかく、話し疲れてしまうまで気ままにお話しします。終了の時間は私にも分かりません。たぶん、朝がくる前には終わるでしょう。本当にただのお喋りです。最後まで聴いてくださらなくても構いません。どうぞ、途中でおやすみください。途中でコーヒーを沸かしに立ってもいいのです――」

そんなふうに放送は始まった。

「毎日、放送しているわけではないんです。気の向いたときだけ、マイクに向かってます。お伝えしたとおり、とてもささやかな電波です。ですから、もし、いまこの放送をどなたか聴いていらっしゃるとすれば、それは本当に奇跡のようなことなんです。どうでしょう、聴こえているでしょうか。そちらの声もこちらへ届けばいいんですが——というのも、この放送局、私ひとりきりなんです。まぁ、その方が気楽でいいんですが、やはり誰も聴いていないかもしれないと思うと、なんというか、ここはとても静かで、自分の声だけですからね。私、普段はひとりでお喋りなんてしませんし——つまり、まったくの静寂であれば、その方がずっと落ち着くんです。でも、いったんこうして話し始めてしまうと——どう言ったらいいんでしょう、急に静けさが怖くなって、話をやめてしまうのが怖くなります」

その声はわたしの頭の奥にある、どこか狭くてうす暗い秘密の路地裏のようなところに染み込んでくるようだった。

いつか、どこかで聞いたことがある声――。

いや、「聞いたことがある」のではなく、ずっと長いこと、「聞きたい」と願っていた声かもしれない。

その夜、わたしは彼女が最後のひとことを終えるまで――終えたあとのノイズにまで耳を傾けていた。

そんなことは初めてだった。


目を覚ますと午後になっていて、わたしは宿の主人にせきたてられるように出発した。次の目的地に決めた町はそう遠くもなかったが、途中、いくつも興味深い被写体が連続し、やはり到着は夜の始まる時刻になっていた。

わたしのこの旅はラジオだけではなく、父が遺した一台のカメラと共にあった。

これまでわたしは父のカメラを撮影旅行に持って出たことはない。

カメラは父の遺品をおさめた古いトランクに眠っていて、わたしが父と同じ写真の仕事をするようになってから、一度も取り出されたことがなかった。

「これは、あなたが持っていなさい」

母に言われて預かった大きなトランクには、父が撮りつづけたさまざまな写真、ネガ、ポジ、愛用の仕事道具、そして何年にもわたる数冊の撮影日記がおさめられていた。日記の最後の一冊は病床で書かれたもので、力なく綴られたブルーインクの文字を拾い読んでいくと、繰り返し、「北の沿岸地方を撮り歩きたい」と記されている。

そこは、わたしの知らない父が生まれ育ったところだった。

その夜もわたしは昨日と同じ周波数を探って、「静かな声」が聞こえてくるのを待った。が、午前零時をまわって聞こえてきたのはノイズばかりで、どうやら、気まぐれな放送局は休息をとっているものと思われた。でなければ、その日のわずかな移動で、わたしが電波の届く範囲から外れてしまったのかもしれない。

「ささやかな電波です」

彼女は何度かそう言っていた。

それでも、わたしはノイズの中に少しでも声が聴きとれないものかと意識を耳に集めてみた。

――どのくらいそうしていただろう。

ふいに、この二ヵ月のあいだに出会ったさまざまな人と光景が浮かんできた。

老人が多かった。ひとけのない教会にはさみしげな犬がつながれていて、どこもかしこも雨と霧に包まれて、土はいつでもぬかるんでいた。

不思議なのはカメラが記録しなかった光景の方が隅々までくっきり思い出されることだ。シャッターを切った一瞬の記憶だけ、淡くぼやけて輪郭がはっきりしない。まるで、記憶そのものがシャッター音と一緒にカメラの中に閉じこめられてしまったようだった。

結局、その夜はいくら待ちつづけても「声」が届くことはなかった。

ふたたび、「静かな声」をつかまえたのは、それから何日かした月のきれいな夜だった。空気が澄んでいるのか、声はよく響き、もしかして、このささやかな電波の発信所は、わたしが向かっている方角にあるのではないかと思えた。

「親愛なる、夜ふかしの皆様。こちらは気まぐれな〈六月の月放送局〉です」

このあいだと同じ調子で彼女は話し始めた――。

「今夜もまた、お話をしてみたくなりました。そうですね、今夜はひさしぶりに私が今いるこの島について話してみましょう。とてもめずらしい島なのです。その昔、海賊たちが隠れ家として使っていたそうで、たしかに普通の神経を持った人は、こんな過酷で険しい場所をわざわざ訪れないでしょう。まさに、海賊が息をひそめるのにうってつけの場所で、町の人たちが喜ぶようなものは何ひとつありません。宿泊施設もなければ、教会すらなく、食堂も病院も学校もありません。住人もほんの少し。まるで世界から忘れられた島です。いえ、この島の方が世界を忘れているのかもしれません。島自体が外とのつながりを拒否し、かたくなに閉じこもっている——ここにいると、そんな気がします」

どうして？　なぜ、そんな島に彼女はいるのだろう。

ひとりで——と、たしかそう言っていた。

「本当に？」

わたしは、わたしの小さなラジオに向かって問いかけた。

すると、その問いに答えるように耳慣れた歌がスピーカーから流れてきた。

一緒に歌えるほど、わたしはその歌をよく知っている。途中で一度、針がとんだのも分かった。CDではなくレコードをまわしているのだ。

わたしは、「世界を忘れてしまった」静かな島の片隅で古いレコード盤がまわりつづけている様を頭に描いた。

それは、音楽が終わってしまったあとも、わたしの頭の中でまわりつづけた。

島への往復船は月曜の午後に一本あるきりで、それを逃してしまうと、翌週まで待つことになる——そう念を押されていたので、わたしは船出の時刻より一時間早くその小さな港町を訪ねた。

郵便局がひとつ、雑貨と文具の店がひとつ、花屋がひとつ、それに、どう探しても看板が見つからなかった食堂がひとつ——。

ちょうど昼食の時間が終わったところで、食堂にはわたしの他に、ひそひそと話し合うカップルがいるだけだった。カップルは二人とも縮れた髪を長く伸ばし、女性の方が大きな瞳からこぼれ出る涙をハンカチで拭いていた。

海の方から鳥の声が長く尾をひいて届く。

とにかく寒かった。

晴れているし、風もないのに、寒くて仕方がない。

わたしは普段飲むことのない濃い蒸溜酒を注文し、店の奥に飾ってあった古びたロートレックのポスターを肩をすくめながら眺めた。踊り子がひとり、舞台袖に腰をおろしてこちらを見ている。肌をあらわにした彼女もまた、いかにも寒そうだった。

グラスがテーブルに置かれても、わたしはフィールド・ジャケットの襟を立てたままポケットに両手を入れて動けなかった。そのまま体を前へ倒し、グラスのふちに唇を震わせて口をつけた。

ポケットの中には島の名前と船の名前が書き込まれたマッチ箱がある。わたしはそれを波止場の修繕をしてまわる大工の棟梁にもらった。

「ああ、そうだよ、小さなラジオ局がある。五十歳くらいの女がひとりでやってるんじゃないかな。会いたいのかい？　ちょっと変わった人だよ。普段はあまり喋らないし」

会いたいのかい？

会ってみたい。

ささやかな電波が届く距離に彼女はいる。このまま旅をつづければ、おそらく、あと何日かした夜に電波は届かなくなる。そうなってからではもう遅い。どうせ、寄り道ばかりの急がない旅なのだ。

わたしは該当しそうな島の所在を探し歩いた。地図で確認すると、わたしのいるところから望む海域には無数の小さな島が点在していて、そのうちの多くが、ホテルも教会も食堂もない孤島ばかりだった。

やはり無理だろうか。

あきらめかけたところへ陽も暮れ始め、夜になる一歩手前で港のあるにぎやかな町に到着した。勘を頼りに海べりの道を行き、そのうち、船を背にした男たち――彼らはちょうど海から引き上げてきたところだった――に出くわした。

大工の棟梁はそのうちの一人で、ジャン・ギャバンによく似た渋い顔をしていた。

「前に一度、船留めがいかれちまったのを直しにいったことがある」

棟梁は傷だらけの太い指で白いものが混じる顎ひげを撫でながら言った。

「あそこは本当に何もない。船もここからは出ないよ。もう少し北へ上がったところに、ここより小さな港がある」

ポケットからマッチ箱とボールペンを取り出し、そこへ何ごとか書きつけて、わたしに放り投げた。

「俺も人の役に立つことがあるんだな。家に帰ってカミさんによく言っておかなきゃ」

礼を言うわたしに、棟梁はさっと背を向けて行ってしまった。

青い制服を着た気象研究所の若い所員、雑貨屋の主人、食堂で涙をぬぐっていた女性、足の悪い老犬を獣医に診てもらった帰りだという年配の女性、その老いた白い犬、そしてもうひとり——ついでのおまけみたいなわたし。

島へ降り立ったのはその五人と一匹で、そのうち同じ船で港に戻るのはわたしひとりだけだった。皆、島の住人らしい。それぞれの方角にばらばらと散り、わたしだけが波止場に取りのこされた。

「お嬢さん、いいですか。きっかり三時間後に船を出しますからね、くれぐれも遅れないようにしてください」

船を操縦していたダビデ像みたいな顔をした青年が眉を吊り上げて言うので、

「ラジオ局に行きたいのです。道を教えてください」

そう訊いてみたところ、

「それならすぐそこです。その坂をのぼった白い建物——」

あっけない返答だった。

実際そのとおりで、波止場から延びた道をまっすぐ登っていくと、十分ほどで白い家と大きなアンテナが目にとまった。海賊の隠れ家とはおよそかけ離れた明るく開放的な空気が感じられ、そのせいか、港ではあんなに寒さがこたえたのに、そこへ来てわたしは雲間から射す陽ざしが暖かく感じられた。

〈六月の月放送局〉

白い家の扉のプレートにそうあった。間違いない、ここだ。

深呼吸をひとつして呼び鈴を鳴らす。

予想外に大きな音がした。

突然、わたしはとんでもなく愚かしいことをしているのではないかと気づき、一目散に走って後戻りしたくなった。どうしていつもこうなんだろう。子供のときから、何度もこの「しまった」の気分を味わってきたのに――。

「はい、どなたでしょう」

扉一枚向こうにあの声があった。もう後戻りはできない。

「あの――」

わたしは自分が訪問に至った思いを扉ごしに伝えてみた。

すると、声も音もなく扉がひらき、すぐ目の前にひとりの女性が青い林檎を手にして立っていた。ちょうどいま皮を剝こうとしていた――そんな感じだった。

「あなたが？　私の放送を聴いて？」

「ええ」

「信じられない。私、リスナーにお会いするの初めてなの」

「ご迷惑ではなかったでしょうか」

「とんでもない。私は毎日、時間を持て余しているくらいなのよ」

広い額、きりっとした眉、眼鏡の奥の茶色の瞳、手編みのセーター、化粧も指輪もイヤリングもない。

思い描いていたとおりのひとだった。

白い家は内装も白で統一され、それが年月とともにずいぶんと剝げ落ちていた。壁を見ていると、白の中にいくつもの表情が見つかる。

「彼と私とでペイントしたの。彼というのは――」

彼女はテーブルの上の写真立てを引き寄せ、そのポートレートの人物が夫で、六年前に亡くなったのだと淡々と話した。写真は「まだ若くて、目に強い光を宿していたころの彼」だという。

「ラジオ放送は彼が始めたことで、もう遠い昔の話。私はいまのあなたよりもっと若くて、ラジオといっても無許可のね、海賊放送というのかしら、放送を通して政治的なメッセージを伝えようとしていたの。あの時代にはそれが意味あることだと――」

彼女はそこで沈黙した。「あまり喋らない」と棟梁は言っていたけれど、わたしの前にいる彼女は充分に饒舌《じょうぜつ》だった。

「彼はいつも海賊気どりだった。電波の網をかいくぐって人の心を盗む――そんなことを言っていた。革命という言葉もよく使っていたけど、一体、どのくらいの人が聴いていたのかしら。いまでも私には聴いている人の姿が見えないし、ただひとりマイクに向かってお喋りしているだけ。誰がどこでどんなふうに聴くのかしらと考えると急におかしな気持ちになって――なにしろ、何もつながっていないんですから」

「でも、ちゃんとここに届きました」

わたしが自分のラジオを見せると、彼女は、「ちょっと見ていい？」と、めずらしい生きものを発見したかのように、「これでねぇ」と感心していた。


白い家には白い部屋がいくつか連なり、そのうちのひとつが放送のための部屋にあてられていた。

「防音もしていない、ただの部屋よ」

彼女の言うとおり、穏やかな白い部屋には似つかわしくない重厚な放送機材が並び、何本もの太いコードがつながれていた。その向こうにマイクがセットされた机があり、飲みのこされたままのコーヒーと幾枚かのレコードが積み上げられていた。

「レコードは彼が聴いていたもので、五十枚くらいあるのかしら。それで全部。それを取っ替え引っ替えまわしているだけなの。安上がりな放送局でしょう？」

「このあいだはビートルズがかかりました」

「そう。あれは真っ白アルバムの曲ね。あなた、ビートルズが好きなの？」

「ええ——」

「じゃあ、知ってるかしら。〈ホワイト・アルバム〉って、じつはとってもDJ泣かせなレコードなの」

彼女は積み上げたレコードの中から白いジャケットを探しあて、慣れた手つきで盤を取り出してこちらに見せてくれた。

「ほら、このレコードって曲間の溝がほとんどないの。分かる？　どこに何の曲があるかすぐには判別できないの。実際に聴いてみると分かるけど、曲と曲がほとんどつながっているからなのね」

黒いレコード盤に光を当てて見ると、たしかに曲の頭出しの目安になる溝がはっきりしていない。

「特にB面が分かりにくくて、たとえばB面の三曲目、これは私の好きな『ブラックバード』という曲だけど、これを放送でかけるとなると、ちょっと大変なの」

「どうするんですか」

「何度も練習するの。本当はもっとプロフェッショナルな方法があるんでしょうけど、じっくりレコード盤をにらんでいると、一見ひとつながりになっているようで、それなりに地図があるのが分かってくる。彼が元気にマイクに向かっていたころはレコードに針をおとすのが私の仕事だったから、いつもこの黒い円盤ばかりにらんでた」

彼女の話を聞きながら白いレコード・ジャケットを手に取った。長い時間を感じさせる染みや指紋の汚れが浮き出し、あきらかに彼女のものではない大きな親指の跡がコーヒー色に残されている。

そのコーヒー色に目を凝らしていると、彼女はいつのまにか隣の部屋に移動していて、壁の向こうから、「もしよかったら、こっちの部屋も見てちょうだい」と、くぐもった声が聞こえてきた。

その部屋は落ち着きのある白い壁に囲まれていて、大きな書きもの机といくつもの本棚、やわらかい光のフロアスタンド、そして、部屋の隅には一脚の古びた椅子が身をひそめるようにしてあった。クッション、背もたれ、肘掛けに至るまで、品のいい深緑色のベルベットが張られている。

「ここは私のもうひとつの仕事場です」

それがどんな仕事であるのか彼女は話してくれなかった。

「仕事は好きじゃないから、この部屋ではもっぱら昔の本を読んでばかり」

そう聞いて、わたしの視線は色とりどりの背表紙が並ぶ本棚に吸い寄せられた。背表紙の文字を追ううち、その魅惑的なタイトルに微かな——いや、たしかな——覚えがあると気がついた。よく見れば、どの本もひとりの著者によって書かれたもので、その名前も記憶の底にある。

「わたし、この本を知ってます」

「本当に?」彼女は驚いたようだった。「読んだことがあるの?」

「まだほんの子供だったころ、夜寝る前に父が読んで聞かせてくれました。この本も覚えてるし、こっちのこの本も覚えています。ちょっと見てもいいですか」

わたしは一見目立たない深い青色の背表紙に指先をあてた。

「どうぞ、ご覧なさい」

手にした感触にも覚えがあり、表紙にレモンイエローの大きな月が描かれ、その中に小さな文字で表題が印刷されていた。

「いま、思い出しました。この本――『六月の月ものがたり』」

ページをめくらなくても、それがどんな内容であるか言い当てることができた。

「第一夜から始まって、ひと月の終わる第三十夜まで。六月の月に照らされた人たちの物語をお月様が語りかけてくるというお話でした」

「そうね、一冊の中に三十の短いお話が入ってる」

「ええ。そして、それは決まってこう語り出されるんです。『親愛なる、夜ふかしの皆様』――わたし、どうしてそのことを忘れていたんだろう」

彼女の眼がわたしの眼を覗き込んでいた。

「忘れていなかったじゃない？」

結局、わたしは十五分も船を待たせてしまった。夕方の青い空気の中に船はかろうじて輪郭を保ち、虫が騒いでいるようなエンジンの音が低く唸っている。

「あんなに言ったのに――」

ダビデ像の怖い眼でにらまれたが、彼はわたしのことを待っていてくれた。

「ラジオのおばさんに会えましたか」

「ええ」

「そりゃ、よかった」

飛び乗ると、船は待ちかねたように夕暮れの海に向けて滑り出した。


しばらくして、わたしは一度だけ島の方を振り返った。

黒々としたかたまりの中に小さな星のような灯りがいくつかともっている。船の行く手の港のあたりにも同じような灯りが見えた。

寒さが戻ってきた。

港に着いたら、あの食堂でまたあの濃い蒸溜酒をいただこう。

「風邪をひきますよ、中へ入ったらどうです」

ダビデ氏の声が操縦室の中から響いた。

わたしは中に入る前に、ふと思いついて、夕空に月を探した。
三日月が出ていた。
いまは十一月。六月ではない。
でも、わたしにはその静かな声が聞こえた。

フィンガーボウルの話のつづき・8

キリントン先生

No.A235799

キリントン先生は、毎日、夕方四時にミルクを買いに出た。四時の少し前にアパートの階段の下で待っていると、頭の上でぱたりとドアの閉まる音がする。少しして、白シャツに黒ズボン、もじゃもじゃ頭にベレー帽をのせた先生が降りてきた。

「ストトン、ストトン」と、先生の靴は鳴っていた。

ずいぶんとくたびれた靴だったが、たぶん若いときに買った上等な靴なのだろう。

「おっほう」

先生は僕の顔を見て笑った。それから僕には分からない外国の言葉を口にして、そっと僕の頭を撫でる。先生の白シャツにはアイロンがかかっていなくて、かなりしわだらけになっていたけれど、ひとつの染みもなくいつでも清潔だった。僕はそのしわしわっとした感じに手を触れてみたかった。でも、先生はいつでもすぐに行ってしまう。「ストトン、ストトン」という音を残し、外の白い光に溶けるように消えていった。

先生の部屋は僕たちの部屋の真上にあった。

古いアパートで壁のあちらこちらにひびが入っていたが、ちょっと外国風のモダンな石造りだった。

「東京にはこんなの珍しい。緑に囲まれてるし、ちょいとパリのようだよ」

翻訳の仕事をしていた父はそのアパートをひどく気に入り、僕たち――というのは父と母と僕のことだけれど――はそこに十二年間暮らすことになった。僕が生まれる少し前に越してきて、アパートが取り壊されたときには中学生になろうとしていたから、僕にとっては生まれ育った故郷のようなアパートだった。

キリントン先生が上の階に越してきたのは僕が七歳のときで、それから五年間、先生も取り壊しの寸前までそこに暮らしていた。

先生のフルネームはビクトール・キリントンといって、クラシック音楽の世界ではそれなりに有名な作曲家だった。有名だが、知らない人も多い。作風が少しばかり変わっているせいかもしれない。

「先生の音楽は一度や二度聴いただけでは、とても覚えられない」

父が言っていた。

「といって、複雑なものでもない。いたってシンプルなんだがね」

「それってまるで」と母が言っていた。「先生がいつも着ている、あの白いシャツみたい。あの見事に迷路みたいなしわ！」

「先生の音楽」といっても、そのころ僕たちが耳にしていたのは、窓づたいに階上から聴こえてくる断続的なピアノの音だった。先生は同じフレーズを何度も弾き、しばらく沈黙してから、また同じところを何度も弾く。「覚えられない」というより、僕にはそれが音楽として聴こえなかった。

僕はそのころビートルズに目覚め、父が持っていたレコードを毎日のように繰り返し聴いていた。特に好きだったのは真っ白なジャケットの二枚組で、まだほんの小学生だったけれど、そこにあるシニカルでクールでハッピーなものが、そのあと自分が進む道を照らし出していたように思う。

「もう少し音を小さくして聴きなさい」

父によくしかられたものだ。

「先生のお仕事の邪魔になるから」

僕の部屋はちょうど先生のピアノがある部屋の真下に当たっていて、夜、寝床に入ってからも、よく先生のピアノが頭の上から聴こえてきた。ピアノがまったく聴こえない夜は、「ストトン、ストトン」という足音だけが響き、先生は円を描きながら部屋を歩きまわっているようで、真夜中の天井に先生の足音が描く円がいくつもできあがった。

先生が父の言うような本物の「偉い先生」なのかどうか僕には疑問だった。

ズボンのポケットにトランプをひと組隠し持っていて、僕を見つけると得意げに取り出して、くるくるっとまわしながら手品らしきものを見せてくれる。ときどき手をすべらせて、カードをあたり一面にばらまいてしまうこともあった。

不器用な先生だった。

それでも、トランプを手にしているときの先生は少しばかり真剣な顔になり、眼鏡の奥の茶色い眼がビー玉のように光っていた。もしかすると、ピアノを弾いているときは、こんな顔をしているのかもしれないと思った。


アパートの取り壊しが近づいたある日曜日に、僕は先生の部屋に招待された。先生の部屋の中に入ったのはそれが最初で最後で、そのとき先生はとても機嫌がよく、ひどく嬉しそうに焦げついた小さな鍋でミルクを温めてくれた。端が欠けた空色のボウルに白いミルクがなみなみとつがれ、表面に皮膜ができていた。

――ふうっと吹いて飲みなさい。

先生は身ぶりでそう示した。僕がふうっと吹いてから口をつけると、「よろしい」というように何度もうなずき、戸棚からドーナツが載った皿を取り出して、無言のまま僕の前に置いてみせた。ミルクには少し砂糖が入っているのか、やんわりと甘さがあり、口の中をやけどしないよう、ちょうどいい具合に温められていた。ドーナツは少し黒く、口に含むと味わったことのない不思議な香りが鼻に抜けた。「それは先生の手づくりではないかしら」と、あとで母に訊いたらそう言っていた。

僕がきれいさっぱり食べてしまうと、先生はテーブルの上にこぼれたかすを寄せ集め、手のひらに受けて窓辺まで持っていった。

——雀が来て、ついばむ。

先生自ら雀になって教えてくれた。

そのあと、先生は部屋の隅にあった衣装簞笥の扉をひらき、「ほら」というふうに中を見せてくれた。そこには同じ大きさの白いシャツが何十枚と並んでいて、どれもしわっとして、染みひとつなく綺麗だった。

先生はそのうちの何枚かを手にし、何度も「あ、はー？」と言いながらシャツの襟首のタグを見せてくれた。タグにはひとつひとつ手書きの番号が記され、いずれも少しだけインクがにじんでいる。いくつか判読できないものもあったが、いくつかは「6」であるとか「12」であるとか「23」であると分かった。それが何を意味するものなのか分からなかったが、先生は長い時間をかけていくつかのシャツを手にし、最後に一枚を選んで、僕の体に押しつけるようにあてがった。

「プレゼント」

綺麗なアクセントでそう言って、照れくさそうに笑った。


アパートが取り壊された五年後に先生はパリの仕事場で急逝された。

僕は先生が亡くなったことを伝える夕刊の記事を切り抜き、定期入れの中に大切にしまっておいた。そのうちどこかにいってしまったが、写真の中の先生は若く精悍《せいかん》で、僕のまったく知らない顔をしていた。だから、僕は先生が死んでしまったことが、もうひとつしっくりこなかった。先生は僕の頭の上の方で、いつまでも「ストトン、ストトン」と円を描きつづけているような気がしてならなかった。


それでも、やはり時が経つにつれ、先生の記憶は次第に遠くなった。

ふたたび思い出したのは、僕自身が音楽の仕事をするようになってからで、それまであまり聴くことのなかったクラシック音楽をあれこれと聴くうち、ふいに先生の名前と再会した。

CDショップの片隅に、ささやかながら〈ビクトール・キリントン〉のコーナーがあり、何枚かのCDが並んでいた。

あれから二十年が経っていた。

僕ははじめて先生の音楽を、頭の上からではなく、まっすぐ正面から聴くことができた。かつて父が言っていた「先生の音楽は覚えられない」という言葉がすぐに思い出されたが、それは覚えられないのではなく、覚えようとするこちらの意識を、まったく別の次元へ運んでしまう音楽だった。覚えることのできない音楽は、いつでもはじめて聴くかのように感じられる。

ただひとつだけ例外があり、先生の晩年の作品である『ピアノのための間奏曲Op.64』を聴いたときは、他の曲にはない不思議な懐かしさが湧き起こってきた。

CDに添付された解説書には、全部で七つある『間奏曲』の最初の「第一番」が一九七〇年に書き起こされ、最後の「第七番」が完成したのが一九七四年であると記されていた。それはちょうど先生があのアパートに住んでいた五年間に当たり、その間、先生はこの七つのピアノ曲を作っていたことになる。
解説には先生のこんな言葉もあった――。

「六〇年代が終わってしまうと、私はあっさりイタリアの仕事場を引き払って、単身、東京に隠れ住むことにしました。六十四歳の独身生活です。世間は私がどこかで行き倒れにでもなったのではないかと騒いでいたようですが、私はこの静かな東京の隠遁生活を楽しみました。誰も私のことなど知らないのです。私はこのかけがえのない静けさの中で、以前より計画していた七つの『間奏曲』をまとめる仕事に集中しました。その五年間、私は一枚のレコードも聴かず、あらゆる音楽会とも無縁で過ごしました。唯一、アパートの階下からかすかに聞こえてくるビートルズのレコードだけが愉快な耳の友で、私はしばしば窓辺に座って、それをしみじみ聴いたものです。おそらく、この『間奏曲』には、あのときかすかに聞こえていたビートルズの気配が遠く響いていることでしょう。これらの楽曲が私の作品の中でもっとも聴きやすいものとして仕上がったのは、そういう事情からなのです」

僕が不思議な懐かしさを覚えたのは、かつて、あのアパートの窓づたいに、それらの楽曲の断片を耳にしていたからに違いなかった。たしかに先生の言うとおり、そこにはあのときのビートルズが遠くかすかに鳴っているような印象がある。とうに忘れていた夜の空気がよみがえり、奏でられる一音一音が静けさの中で明滅する信号のように耳に届いた。

その信号に促されるようにして、僕は部屋の隅にあるワードローブの中を覗いていた。いくつかのシャツにまぎれて、先生からプレゼントされたあの白いシャツがあった。あるとき思い立ってクリーニングに出し、ビニールにくるんだ状態で吊したままになっていた。まだ一度として袖を通したことはなく、なぜか通すつもりもなかった。

でも、しばらく考えてから、ビニールの封を切ってみた。

「16」

タグの番号がにじんでいた。

ゆっくりシャツをひろげていくと、糊のきいたシャツが目覚めるときの、ぱりぱりっという乾いた音が手もとに伝わってきた。
きちんと隅々までプレスされている。
「あの見事に迷路みたいなしわ」は、もうあとかたもなく消えていた。

フィンガーボウルの話のつづき・9

小さなFB

No.196593

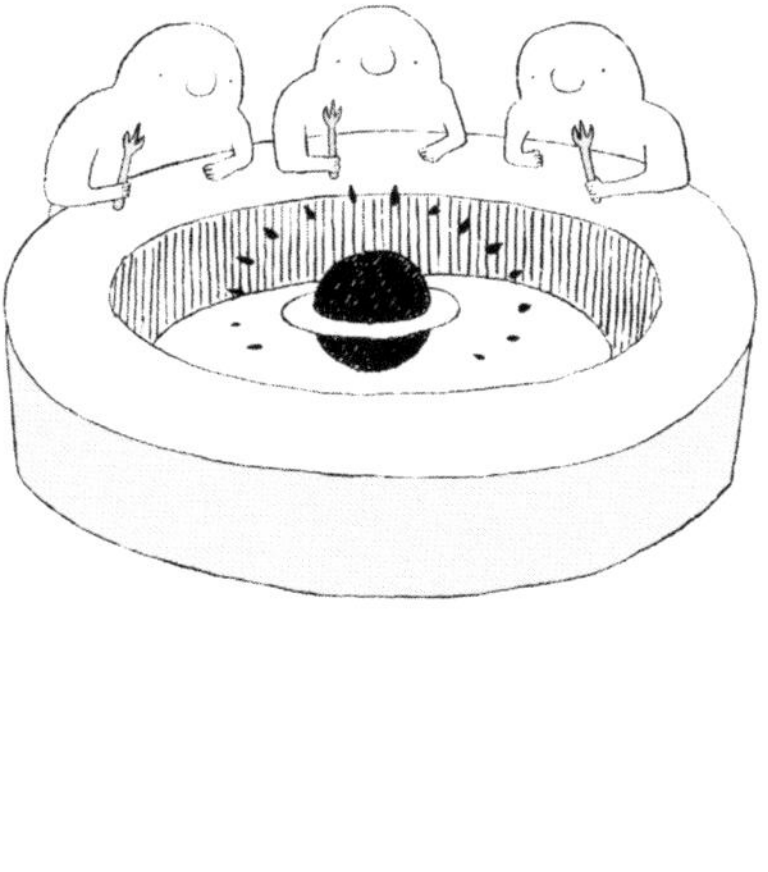

ある日の夜、小さなＦＢは仕事から帰ってくるなり自分の部屋の窓が割れているのを発見した。ひとつの面が見事に割れている。ガラスが割れ落ちて窓枠だけになり、風にカーテンが揺れて雨が吹き込んでいた。

見ると、石ころがひとつ床の上に転がっている。

「これが――」

小さなＦＢはそれを拾い上げた。

重い石だった。

彼はそれをしばらく眺めてから本棚の隅に置き、見慣れた自分の部屋を見渡してみた。小さなベッドと小さな箪笥、小さな机、小さな本棚――それきりで他に何もない。

彼は腕を組んだ。

それから、机の引き出しの中をごそごそ探り、折りたたまれた青いものを取り出してひろげてみた。艶のある上等な青い紙に小さな銀文字で「メルヴィル」と刷られている。二年前の誕生日に妹からもらった置き時計の包み紙だった。メルヴィルは街でいちばん大きな文具店である。

その青い包み紙を彼はガラスの割れ落ちた窓枠に鋲でとめておいた。

次の給料が出るまで、なんとかそれでしのぐよりほかない。


その青い紙一枚が、朝になると部屋の全体を青く染めた。

その中で小さなFBは爪を切った。爪が青かった。爪切りも青く、ため息すら青くて、彼を包み込むレインコートは深海のように青かった。

彼は帽子をかぶって表に出た。

めずらしく晴れている。角のコーヒーショップでいつもの渦巻きパンとカプチーノを頼み、店の新聞にざっと目を通した。

「なにごともなし」

彼はタバコの煙が嫌いだったので、さっさとパンを流し込むと足早に仕事に向かった。

歩いて十五分。彼の職場は街の中心地区にある博物館だった。

信号をふたつ渡って、路面電車が通り過ぎるのを待つ。花屋の前には人気者の猿がつながれていて、彼の顔を見るとかならず歯をむき出した。

何もかもいつもどおりである。


九時少し前に彼は博物館に着いた。

「おはよう、小さなFB」

守衛に声をかけられ、彼は地下のロッカー室に下りて、レインコートを自分のロッカーにしまいこんだ。彼は人一倍レインコートを大事にしていた。彼の小さな体に合わせた特注品だったからである。

「あ――」

急に思い出し、彼はレインコートのポケットから新聞紙にくるんだものを取り出した。ガラスを割った石だ。

誰が放り投げたのか、気まぐれないたずらか、それとも、彼にうらみがあったのか。心当たりはなかったが、彼の部屋の窓に狙いを定め、このとびきり重たい石を放った悪漢のシルエットが見えるようだった。

午前いっぱい、彼は新しく到着したレインコートの整理をつづけた。

彼の他に学芸員が二名いる。大きなRWと中くらいのMUだ。RW、MU、FB――この大、中、小トリオは無駄口も少なく、きびきびとよく働くと評判だった。

中くらいのMUは知識が豊富で、一九〇〇年代に製造されたあらゆるレインコートのシリアル・ナンバーを暗記していた。生地、サイズ、使用された糸の番号、ボタン穴の直径に至るまで正確にピタリと言い当てる。

大きなRWは体格に似合わず手先が器用で、館内一のレインコート補修の名手だった。どんな複雑な綻びでも完璧に直し、保管庫に入れる前には新品同様、きっちりアイロンをかけてしまいこむ。

「もし、この仕事をクビになったら、街のクリーニング店で雇ってもらおう」

RWならまったく問題ないと、小、中の二人はうなずいた。きっと、街中のクリーニング屋が彼のアイロン技術に感服する。

「そこへいくと、僕にはなんの技術もないからね」

FBはため息をついた。

「そんなことないよ」

RWがミシンを踏みながらFBを励ました。

「君は歌がすごくうまい。こないだのあのなんとかいう歌――」

「『オブ・ラ・ディ、オブ・ラ・ダ』」と中くらいのMUが言った。

「そう、それ。うまいこと歌ってた。感動したよ。小さな体で見事に歌ってた」

RWが言っているのは、〈レインコート博物館〉主催のパーティーの席上でのことだった。小さなFBはギターを弾いて得意のビートルズ・ナンバーを披露したのである。

「あれはいい歌だったよ。楽しかった。歌は楽しいのが一番だ。今度、レコードを買ってきて、俺も覚えてみよう」

大きなRWが「ラララ」と調子はずれの鼻うたを歌ってみせると、中くらいのMUが咳払いをした。

「今日はおふたりさん、私語が多いね」

そう言って眼鏡を外すと、眉間にしわを寄せてレンズの汚れを拭いた。


昼の休みにFBは渡り廊下を歩いて二号棟へ行き、科学史担当のものすごく太ったPPに例の石ころを見てもらった。あまりに重いので、何か特別な石かもしれないと思いついたのだ。

「たしかに、石ころひとつでガラス窓一枚全滅なんてことは滅多にないからね」

ものすごく太ったPPはFBの話を聞いて、新聞紙にくるまれたものを観察した。

「なんと――」

PPの目の色が見る見る変わってゆく。

「これは天からの贈りものだよ」

「天からって？」

FBはPPの研究室の天井を見上げた。

「宇宙だよ」

「じゃあ――」

「星屑だね。地球上にこんな重たい石ころは、そうそうない」

ものすごく太ったPPがその星屑をアルコールで洗うと、ただの黒いかたまりだったものは暗緑色の宝石のように光を集めて輝いた。

「これは数億年分の時間が詰まった石ころだよ」

「数億年？」

「推定だけど、そういう可能性がある。俺は星屑を見てていつも思うけど、もし、俺たちのこの地球がボム！ってな具合に破裂したら、その星屑が宇宙空間のあちらこちらに飛び散る。それは一体どんなものなんだろう。まさか、青いわけじゃあるまい――」

ＦＢは星屑をＰＰに預け、数億年の時間に思いをめぐらせながら一号棟に戻った。

「驚いたよ」

ＲＷとＭＵにあの石ころが星屑だったことを報告すると、ＲＷが「本当に？　すごいじゃないか」と言って小さく拍手をした。

「どうして拍手なんかする？」とＭＵ。

「だって、昔からよく言うだろう、流れ星に願いごとをすると叶うって」

「だって、ＦＢのはもう流れちゃったあとなんだよ」とＭＵ。

「そうだよ」とＦＢ。「床に転がってた」

「つまり、流れ星じゃなく流れ終わった星だ」とＭＵ。

「そうかな」とＲＷ。「なんであれ、流れ星なんだから、きっと何かいいことがあるんじゃないかな。だって、考えてもみなよ。この広い地球上で自分の部屋に星が落ちてくるなんてことまずないだろう」

「この広い地球には、そういうこともあるよ」とＭＵ。

「どっちにしても」とＦＢ。「窓ガラスが割れてしまったんだ。いいことなんて何もない。これがもし、誰かのいたずらだったら、犯人を探し出して弁償してもらうこともできたのに、星の仕業ではどうにもならない」

「犯人《ほし》じゃなく、星の仕業というわけか」とRW。


その日、仕事の帰りにRWとMUはFBのアパートに寄り道をした。夕方から雨が降り始め、三人のレインコートから滴った雨のしずくがアパートの階段を濡らしていた。

「本当だ。割れてる」

RWがFBの部屋の窓枠に手を当ててうなずいた。メルヴィルの包装紙が雨水を吸って青く膨らんでいる。そこへ雨が当たって硬い音がはじけていた。

「困ったね」とRWが腕を組んだ。「もうひとつ流れてこないもんだろうか」

「どういう意味?」とMU。「この上、もうひとつ流れてきたら、FBの部屋は水びたしになってしまうよ」

「いや、そうじゃなく」とRW。「落ちてきた星じゃなくて、本当に空を流れている星をFBが見つけてさ、どうか窓ガラスが元どおりになりますように、とお願いすればいいいんじゃないかな」

「なるほど」とMU。「では、もし僕が流れ星を見つけるようなことがあったら、そのときは、FBが流れ星を見つけられますように、とお願いしてみるよ」

「ナイス・アイディアだ、MU」とRW。

FBはため息をついて台所へ行き、牛乳を沸かして三人分のココアをつくった。三人ともアルコールに弱いので、夜は甘くないココアを飲むことにしている。RWだけ「ちょっと砂糖を入れてよ」と注文した。

「それにしても」とMUが首を振った。「こんな大人になって、まだココアを飲んでいるなんて、子供のころには思ってもみなかった」

「そう？」とRW。「俺はココアは大人の飲みものと思ってたけど」

「僕もだ」とFB。「大人になったら、〈レインコート博物館〉で働いて、夜はココアを飲む。それが子供のときの夢だった」

「そのとおりになった」とMU。

「流れ星に願ってないけど」とFB。

「でも、窓が割れるとは思ってなかったろう?」とRW。

雨は次の日も延々と降りつづき、三人は朝早くから黙々と仕事をつづけていた。

雨がつづくと博物館は忙しくなる。レインコートの保管依頼が増え、展示の模様替えが必要になる。科学者たちを交えた「レインコート保存」についての討論会、五〇年代ものヴィンテージ・ステッチの研究、レインコート仕立て職人の系譜作り——やるべき作業が山積みになる。

「なぁ、FB」とRWが作業の手を休めることなく言った。「昨日、君が言っていた子供のころの夢の話だけど」

「ああ」——FBは作業台に集中しながら答えた。

「あの話を聞いて、自分のことを考えてみたんだけどね、俺はそういう夢を一度も持ったことがない。まさか、こんな仕事に就くなんて思ってもみなかったし」

「そう?」

「それで、あらためて考えてみたんだけど、いま、自分が流れ星を見つけたら、一体、何を願うんだろうって」

「何を願うの？」

「ひと晩考えたんだよ。でも、どうしても思いつかない。俺って、つくづく夢がないんだなって分かった」

FBはレインコートをたたむ手をとめ、作業場の窓から空を見上げて考えた。

「どっちにしても、われわれの街は雨降りばかりだからね、流れ星を見つけるなんてめったにない。だから、そんなことは気にしない方がいいと思うよ」

「それはそうなんだけどね——」

「願いごとがないのは幸せな証拠だよ」と珍しくMUが作業中に口を挟んだ。「じつは、昨日、寝る前に僕も同じことを考えた。そうしたら、二十八個もあった。願いごと」

「二十八個？」

FBが驚くと、MUは眉をひそめた。

「もちろん、星が流れる一瞬に二十八個もお願いはできない。だから、ひとつひとつ点検して順番を決めておいた。もしもの場合に備えてね。おかげで朝までかかったよ」

そのあと何日かして博物館の掲示板にパーティーの告知が貼り出された。日時は未定で、「次の晴れた日の夜に」とある。RWが目ざとく見つけ、「ほほう」と小鼻を膨らませて何度も読み返した。

それからというもの、仕事をしながらRWはまったく落ち着きがなかった。妙にそわそわし、作業場の柱時計が六回鳴るのを数えると、待ちかねたように「今日は俺、早目に帰る」と愛用のアイロンを木箱にしまいこんだ。

「じつは、うちの猫がお腹をこわしてね」

RWはFBとMUの顔色を窺っていた。二人とも仕事から手が離せず、「それは心配だね」「早く帰ってあげた方がいい」と、うわの空で応えた。

「じゃあ、また明日」

大きなRWは博物館の裏口を出てレインコートの襟を立て、小走りになって街の方へ急いだ。大通りを渡って靴屋の前を通り過ぎ、メルヴィルの明るい光が漏れるエントランスの前をシルエットになって通り越した。それから急に足早になり、葉巻屋の角を曲がったところで立ちどまると、すぐ目の前にある大きなト音記号の看板を見上げてニヤリとした。楽器屋だった。RWはあたりの様子を窺い、大きな体を小さくして店の中に消えていった。

それからも相変わらず雨降りがつづき、ようやく給料日が訪れて、小さなFBは窓を新調することができた。

窓を破った星屑の方は、その一週間ほど前から隣接する〈自然科学博物館〉の資料室に展示されていた。しかし、誰も流れ星のことなど口にしない。そんなことは、とうに忘れていたのだが、「なぁ、FB」と突然、RWが言い出した。

「このあいだの、願いごとのことなんだけど」

「うん?」

どんな話であったか、FBにはすぐに思い出せなかった。

「いや、じつはようやく俺もふたつばかり願いごとができてさ」

RWがそう言うのを聞いて、（そうか、RWには願いごとがないという話か）と思い出した。

「どんな願いごと？」

「いや、それは秘密だよ。言ったら価値がなくなってしまうからね」とRW。

（じゃあ、そんな話しなくてもいいのに）とFBは声に出さずにそう思う。

「じゃあ、そんな話しなくてもいいのに、って思うだろうけど、一応、言っておきたかったんだよ。俺にも願いごとがあるんだってことを」とRW。

それを聞いたMUがRWの顔を横目で見たが、すぐに作業中のレインコートを机の上に並べて詳しいデータを記録していった。

「一九五二年、アリゲーター社製。ダブルポケット、ダブルステッチ。アイボリー色。裏地はネルのタータンチェック。シリアル・ナンバーA1458902――」

しばらくして、またRWがFBに話しかけた。

「あの——君が前にパーティーで歌ったなんとかいう曲だけど」

『オブ・ラ・ディ、オブ・ラ・ダ』」とMUが代わりに答えた。「一九六八年。レノン＝マッカートニー作詞・作曲。アルバム『ザ・ビートルズ』、通称〈ホワイト・アルバム〉に収録——」

「それがどうかした?」とFB。

「いや、今度また晴れた日の夜にパーティーがあるんだけどね、そのとき君が、その『オブラダ』をもういちど歌うかな、と思って」

「そうだなぁ、歌ってもいいけど——」

「いや、それならいいんだ」

そう言ってRWはあらぬ方に向きなおった。


その何日かあとのこと、ようやく雨が上がって、予告どおりパーティーが開催されることになった。〈六〇年代レインコート展示室〉の一角にあるカラフルなレインコートが並ぶコーナーに、博物館で働く二十人ほどの若者が集まっていた。

誰かがシャンパンを抜き、ココア党の三人も無理してシャンパンで乾杯したものの、すぐに酔っ払って、「ひい」「ふう」「はあ」と順にため息をついた。

しかし、誰も大きな声など上げることなく自分たちの街について語り合い、愛すべきレインコートと、そこに染み込んだ雨について語り合った。パーティーとはいっても、その程度のことである。前回は最後のしめくくりに小さなFBがギターと歌を披露したが、今日もそのつもりで、FBがギターをチューニングしていると、急にRWがギターを手にしてあらわれた。「いや、あの」と頭をかいている。

「いや、じつはひそかにギターを買って練習したんだけどね」

大きなRWは照れ笑いがとまらなくなって、とろけてしまいそうだった。

「もちろん君のようにうまくはいかないけれど、ちょっと一緒に歌えないかと思って」

「それはいいね」とFBは小さな体でギターを支えながら答えた。

二人は——MUが正確に数えたところによると——十八人の拍手と二本のスポットライトを浴び、オレンジの木箱でこしらえたステージの上に乗って深々とお辞儀をした。

「では、『オブ・ラ・ディ、オブ・ラ・ダ』を歌います」

中くらいのMUは十八人の一番うしろから二人の演奏を見ていた。見ていたが、なんだか見ていられない。胸が高鳴るのはシャンパンのせいだけではなかった。

「うまくいきますように」

星が流れたわけでもないのにMUはそう願い、その願いはすぐに叶えられた。二人が歌い終わると、十八人の観客が五十人分の拍手を二人に送った。

あたらしいデュオが誕生した夜だった。

パーティーのあとの帰り道に月に照らされた三人のシルエットがあった。二人はギターケースを抱え、一人は眼鏡のレンズを拭いている。

「うまくいった」と小さなFBが言った。

「そうかな」と大きなRWが頭をかいた。

「まあまあだったよ」と中くらいのMUが手にした眼鏡を光らせる。

星が出ていた。

「あのさ」とMUがRWに話しかける。「君がこないだ言っていた秘密の願いごとだけどね、あれが何なのか、たったいま分かったよ」

「本当に？　ふたつとも？」

RWはMUの横顔を眺めた。

「ふたつとも」

「なんだい？」とFB。

「ひとつ、歌がうまくなりますように。ひとつ、ギターがうまくなりますように」

MUがそう言うと、大きなRWはまた頭をかいた。

「当たっちゃったよ。どうして分かった？」

「いま、僕もそう思っているところだから」

MUは眼鏡をかけなおし、二人の顔を見ずに空を仰いだ。

「じゃあ、MUの願いごとはこれできっかり三十個だ」とRW。

「いや、当面はこの新しいふたつだけにしておくよ」とMU。

三人は路面電車の停留所の前で立ちどまった。

「では、また明日」

あくびをしながら、そこで別れた。

次のパーティーはトリオで歌うことになるのかな、と小さなＦＢはぼんやり考えながら歩き、アパートのある路地にさしかかったところで足をとめた。

そうだ、ココアを切らしている――。

角のコーヒーショップで買っていこうか。荷物があるので面倒だけど、ココアだけは欠かせない。

うつむいて逡巡《しゅんじゅん》するうち、路上の水たまりに月が映っているのに気づいた。

路地は建物の谷間にある。その真上に月が来ていた。

よく見れば、水たまりはあちらにもこちらにもあり、そのどれにも同じように月が映っている。誰もいない路地に贅沢なほど月が出ていた。

――と次の瞬間、小さなＦＢは不意をつかれた。

水の中の月のすぐそばを星が流れ、あちらでもこちらでも流れて、足もとを花火がひとつかけめぐったように見えた。

思わず、頭上を見上げた。
月がひとつあるきり。願いごとなどする間もない。
（いまどこかで、誰かの部屋の窓が割れ落ちただろうか――）
小さなＦＢはそう思った。

フィンガーボウルの話のつづき・10

白鯨詩人

No.A259934

彼は十九歳と六ヵ月で詩人になった。

詩人というのは、「なる」ものではないだろうが、彼の場合、その歳で衆目を集める大きな賞を手にすることになった。

授賞式には世界中から詩人たちが来訪し、おろしたてのツイードスーツを着た彼を祝った。彼はニューヨークの詩人とスカンジナビアの詩人とポルトガルの詩人と握手をしたが、詩人というものは靴箱に住んで汗ひとつかかず、決して他人と握手などしないと思いこんでいたので、自分の手にのこった体温がすぐに理解できなかった。

「どうも分からない――」

そうつぶやくや否やカメラの前で「とびきりの笑顔」を求められ、しばらく考えて、とびきりぎこちなく笑ってみせた。宇宙に星が生まれたときのようにフラッシュがまたたき、その写真が次の日の朝刊に切手大で掲載された。

以来、彼の名前の下には小さな文字で「詩人」と付くようになった。

「派手な靴下をむりやり履かされている気分」

だいぶ後になって彼はそう書いた。


彼は十六歳のとき、すでに詩を書き始めていた。

といっても、彼自身はそれを詩とは思っていない。

たまたま読んでいたメルヴィルの『白鯨』上巻の二百十ページの余白に、ふと思いついた言葉を書き込んだ。活字の背後に得体の知れぬ「白い大きな怪物」を見たような気がして、その様子をそのまま書いた。

ところが、その二日後に彼は自分の書いた言葉が気になり、そのわずか数行のメモのようなものを何度か繰り返し読んだ。そのうち、そのつづきが頭に浮かび、そのときひろげていたアイロンの取り扱い説明書の余白に新たな数行を書き込んだ。ひとしきり書いて、あらかた余白が埋まり、それでもまだ少し書き足りない気もしたが、机に向かってノートを開こうとは思わなかった。そのかわり、身のまわりにちょっとした余白のようなものを見つけると、そこに思いついた数行を書く習慣がついた。

菓子の包み紙の余白に数行。

ラジオ番組表の余白にまた数行。

博物館のパンフレットの余白には夢中になって三百二十行も書き込んだ。

何を書いているという意識もない。ただそれらの数行がどこかで互いにつながり合っていることに彼は気づいていた。

「自分の中にも、あの巨大な白い鯨がいる」

彼の中の白い怪物は、彼の身のまわりにあるさまざまな余白の中にきれぎれにあらわれては消えていった。

ひとり住まいのアパートで林檎の皮を剝いているとき、背後を白い腹が横切ったような気がした。夜中にうなされて寝返りをうったとき、突然、巨大な青い眼ににらまれたこともある。

十八歳の誕生日に彼は友人から一冊の本をプレゼントされた。絵葉書よりひとまわり小さなサイズの写真集で、『グリーン・ベルベット・チェアー』というタイトルだった。タイトルどおり緑色のベルベット生地でつくられた古い椅子ばかりを撮ったもので、世界中を旅して歩く写真家が、各地で出会ったグリーン・ベルベット・チェアーを五年がかりで一冊にまとめたものだ。どの写真にも人物は写されておらず、唯一、撮影者である女性のポートレートがカバーの袖に切手大で刷られていた。

彼はひと目でその写真集が気に入り、大げさに言うと、それに囚われてしまった。

理由はふたつある。

ひとつは、それらの椅子がそれぞれに流れた時間と空気を感じさせるものであったこと。どの椅子も部屋の隅にひっそりと置かれ、いずれも古く、擦り切れたり、つぎがあてられたりしていた。それらの時間と空気になぜか彼は覚えがあるような気がした。

もうひとつは、その写真集のレイアウトだった。椅子の写真は見開きの右ページに一点のみ配され、左ページは空白になっている。それが最初から最後までつづくシンプルな構成だった。

彼は反射的にペンを手にすると、そうするのが当たり前であるかのように、左ページの空白に小さな文字を書き込み始めた。

迷うことなく「椅子」について書き、書き込んで次のページをめくっても、また同じような古い緑色の椅子があらわれるので、つづけて「椅子」について書いた。それがどこまでもつづき、寝食を忘れて最後のページに書き込むまで三日ほどかかったが、彼はその時間を感じなかった。時間などなくなっていたのである。


書き上げたものを彼は読み返さなかった。何が書いてあるか分かっていたし、誰かに読んでもらうことも頭になかった。だから、手を入れて枝葉を整えることなど思いもつかず、でたらめに歩いた足跡でも、そのままの方が自分の足跡であると思った。それは、彼がそのあと何冊かの詩集を上梓するようになってからも変わらないことだった。

誰に読ませるつもりもなかったが、びっしりと書き込みの入れられた写真集は、あるとき彼の姉の目にとまることとなった。姉は最初『グリーン・ベルベット・チェアー』というタイトルに魅かれたのである。

彼女は二階建てビルの小さな出版社で編集の仕事をしていたので、弟のアパートを訪れると、まずは本棚を眺め、「ふうん」とか、「何これ、あなたも変なもの読むのねぇ」と勝手なことを言うのが慣わしになっていた。

しかし、そのとき彼女が本棚から引き抜いたものは、これまで見た中で最もおかしなものだった。古びた緑色の椅子ばかりが並んだ写真集でありながら、見慣れた弟の字がびっしりと並ぶ自家製の詩集でもある。

そのときも彼自身はそれが「詩」であるとは言わなかった。

「これは詩よ」

姉がそう決めたのである。

「こういうのこそ詩なのよ」

いささか気の弱い弟はいつでも姉の断言に圧倒されて少年時代を送ってきた。姉は彼より六つ年上で、子供のときから、周囲の誰よりも大人びていた。だから、姉がそう言うのなら、それはもう「詩」なのだ。

姉はその本を弟に黙って自分の鞄に忍ばせ、翌日の編集企画会議にさりげなく提出すると、会議のテーブルを囲んだ全員が「これはいい」と口を揃えた。

「あなたの詩集ね、出版することになりました」

姉は早口で弟に断言したが、弟は写真集が本棚から消えていることに気づいていなかった。彼はそのとき、パン屋の紙袋に書き込むのに夢中だったのだ。

「それ、新作ね」

姉は目ざとく紙袋を手にしていた。

「いいことよ、その調子でどんどん書きなさい。あなた才能あるわ」

編集者としての断言だった。


そうして彼の最初の詩集『緑色の椅子』が、ひっそりと世に送り出された。

彼はそのことにもさして関心がなく、出来上がった本のページをめくって、そこにあってしかるべき椅子の写真が見当たらないのを奇妙に感じていた。もともと写真のあったところは空白になっている。

その白さを眺めるうち、彼はそこにまた何かを書き込みたくなった。

「これでは、きりがないぞ」

そのとき彼は気づいた――。

「きりって何だろう。終わらせるってどういうことだ?」

考えれば考えるほど、彼は自分の書いているものが「終わる」とは思えなかった。そもそも「始まり」を書いた覚えもない。にもかかわらず、本というものには必ず「始まり」と「終わり」がある――。


彼の逡巡をよそに、『緑色の椅子』は世間の注目を集めた。

新聞の書評欄で取り上げられたのがきっかけになり、驚くべき速さで版を重ねて、ついには大きな賞が与えられることになった。

この国の詩人たちは、その賞を手にすると「自称詩人」を卒業して、正式に「詩人」と呼ばれるようになる。

しかし、彼はもとより「自称詩人」ですらなく、賞を受けてなお詩人であることを受け入れられず、ただただ落ち着かなかった。奇を衒《てら》って言うのではなく、彼は依然として詩を書いている自覚がなかったのである。

詩であるかどうかよりも、「始まり」と「終わり」の定義に関心と疑問があった。彼の書くものは常にひとつながりのもので、ある数行が次の数行を呼んで、さらにそれが次の数行に発展していく。

「永遠詩」と姉が編集者らしい命名をした。

「それでいいじゃない。あなたは始まりも終わりもなく書きつづける。もちろん書きたくないなら書かなくていいし、賞をとったからといって、無理に詩人としてふるまう必要もない」

彼は書きたくないとは思っていなかった。書くことは楽しく、書けば書くほど、また書きたくなる。ようするに、「終わり」がないのだった。

包装紙、レシート、カレンダー、名刺——。

彼は身のまわりのありとあらゆる余白に〈永遠詩〉を書き継いだ。同じ速度でゆったりと走るように書き、息ぎれもなく、疲れを感じることもない。

ある日、本棚を眺めると、姉の編集による彼の詩集が八冊になっていた。彼は二十四歳になり、誕生日には友人たちから山ほど写真集をプレゼントされた。『緑色の椅子』以来、彼への贈りものといえば、そのほとんどが余白の多い写真集だった。

ただ、そのころになると、彼は「余白は余白のままがいい」と思うようになっていた。

――余白こそが、何よりの安らぎかもしれない。

彼は余白を前にして、はじめて立ちどまって息をついた。

それればかりか、余白の只中に身を横たえ、ただひたすら眠りたいと願って、事実そのとおりにしてみた。ときどき頭と腕だけを突き出し、そのあたりに誰かが置いていった本をかき集めるようにして読みふけった。読めば読むほど、どの本にも「始まり」と「終わり」があって、どの本にも余白がある。

「そうか」と彼は思い当たった。「余白を書くということもあるわけだ」

彼が詩人らしいつぶやきをもらすと、ひさしぶりに、「白い大きな怪物」の気配がかたわらにあらわれた。余白に書くのではなく、自らが余白をつくり出すとはどういうことか？　あのメルヴィルの物語のように、その怪物の正体を明かしたい。射止めたい。彼は海原ではなく毛布の中に潜り込み、余白に書くのではなく「余白を書く」にはどうしたらいいいか考えつづけた。電話にも出ず、夢も見ないで何日も過ごした。

そうして枕辺の本の山を崩すうち、あるとき彼は『Ray Gun』という写真集に出くわした。誰かが彼に贈った一冊で、中身はタイトルどおり光線銃の写真集で、チープな子供の玩具を集めたものだった。

アメリカの古い漫画キャラクターであるバック・ロジャーズやフラッシュ・ゴードンが手にしているレトロな光線銃——色とりどりで形もさまざまあり、実際には水鉄砲であったり、パチパチと火花が散る他愛ないものだったが、子供の手の中で、それは怪物を退治する決定的な最終兵器になった。

毛布の中で彼は、自分も子供のときこんなものを手にしていたと思い出した。どんな色だったろうか。プラスティック製であったかブリキ製であったか。細部は思い出せなかったが、引き金を引くと、小さな銃口から目に見えない虹色の光線が発射された。

彼は何度もページを行きつ戻りつして光線銃の写真を眺め、最後に本を閉じようとして、その一行に気がついた。

本の扉に掲げられた読者へのメッセージだった。


「あなたのなくしてしまった光線銃、ここにあります」

彼はその一行を読んで、

(これは詩だ)

と思った。

その一行が、ただ一行きりであるがゆえに詩になっている。

その一行のまわりには、ただ余白しかない。

彼はベッドから出ると、その一行をあらゆる余白に書いてみた。ドラッグストアのレシートの裏に書いて感心し、銀行でもらったメモ帳に、

「あなたのなくしてしまった光線銃、ここにあります」

と書いた。

書けば書くほど、自分はもうこの他に何も書かなくていいのではないかとすら思った。その一行だけを読者に提示すればいい。街を歩き、通りすがりのすべての人に、ただその一行だけを手渡せばいい。「余白を書く」とは、そういうことではないのか――。

彼は声にならない快哉《かいさい》を叫んだ。なくしてしまった光線銃で、あの「白い怪物」をついに射止めたのだと思った。


「でも、その一行だけで本をつくるのは難しいの」

姉の返答はいつになく慎重なものだった。

めずらしく彼の方から姉に電話をし、自ら進んで騒がしい夕方の街に出向いたのだ。しかし、姉は彼の話を聞くと沈黙し、砂糖もミルクも入れていないコーヒーを飲んで、ゆっくり、やんわりと彼をたしなめた。

「ただ一行きりで、あとは白紙のままの詩集――あなたがそれを作ってみたいという気持ちはよく分かる。でも、そういう表現のもっと先へ行ければ、なおいいんだけど」

「もっと先？」

「気持ちの過程をかたちに残しておくのもいいことよ。でも、あなたはきっと後悔する。もっと先があるから。そこまで行ってほしい」

そうか、と彼は記憶を探り当てていた。

いつかもこうして姉に光線銃を取り上げられたことがある。

子供のころ、近所の原っぱで友だちと光線銃の撃ち合いをしていたとき、たまたま姉が通りかかって、「そんなおかしな遊びはやめなさい」と大声でしかられたのだ。

姉はその夜、彼が机の引き出しに隠していた光線銃を取り上げ、「あなたはいったい、これで何を撃ちたいの？」と哀しげな顔になった。

もし、あのとき姉に光線銃を取り上げられていなかったら、「あなたのなくしてしまった光線銃、ここにあります」の一行に反応することもなかっただろう。

姉と別れた彼は交差点で信号を待っていた。信号の赤が瞳に映っている。

「おかしなことだ」と彼はつぶやいた。

人生というのは先へ行けば行くほどいろいろなことが妙なつながりを見せる。だから「面白い」とも言えるし、「怖い」とも思う。突然、はるか昔のひと言が、姿を変えてのしかかってくる。

「あなたはいったい何を撃ちたいの?」

その問いに答えるときが、いまになって、やってくるなんて。

彼はいま都会の雑踏にありながら、余白に囲まれた一行のように立ち尽くしていた。

あの「白い怪物」が彼のまわりを悠々と旋回している。

さて、何を撃つのか――。

眼の中の信号が赤から青になった。

フィンガーボウルの話のつづき・11

ろくろく

No.A367171

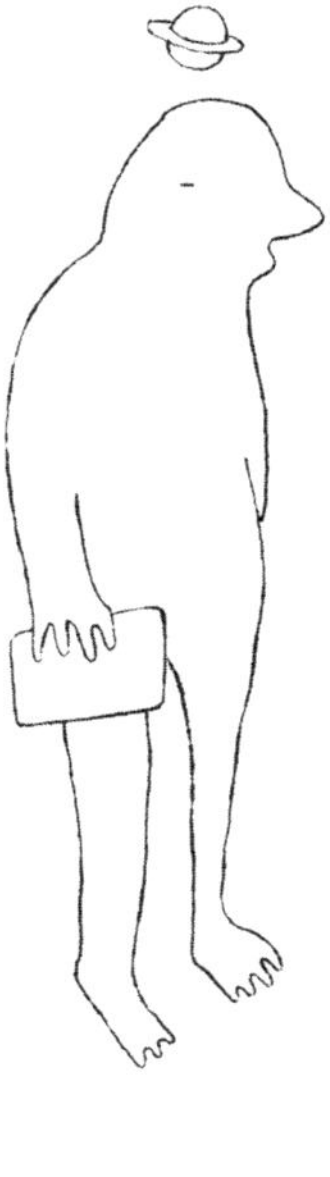

ろくろくさんじゅうろく。

この言葉を口の中で転がすうち、その三十六になっていた。

年齢のことだ。

三十六歳――。

信じられないが本当のことで、僕が三十六になったということは「ろくろく」もまた三十六歳になっているわけだ。彼が生きていればの話。

いや、きっと生きているだろう。

おい、ろくろく。もし、この文章を読むことがあったらすぐに連絡してくれ。

といっても、彼は相変わらず、小さく引きちぎられた紙屑みたいな夢をうとうと見ているんだろう。だから、手紙や電話とは無縁のまま暮らしているに違いない。

いや、それとも三十六歳ともなれば、あのころとすっかり細胞が入れ替わり、僕の知らないまったく別のろくろくになっているのだろうか。

いやいや、やっぱりそんなことは想像し難い。

ろくろくはたぶんいまも髪がボサボサで、すぐに紐がほどけるあのやっかいなドタ靴を履いている。カバンには読みかけの本が何冊も押し込まれ、歩きながらそれを取り出して読み始めると、すぐまた立ちどまって鼻をかみながら空を見上げる――。

彼は誰にも手紙を書かなかった。誰の電話番号も知らなかった。そんなもの、「知ったこっちゃない」と彼はつまらなそうに横を向いた。

僕もまた彼の電話番号を知らない。彼の本当の名前も知らなかった。皆に「ろくろく」と呼ばれ、呼ばれれば眠たげに「ういい」と応える。

十八歳だった。

誰も彼もが、ろくさん十八歳で、若くて貧しく、ポケットの中には薄っぺらな財布しかなかった。その中身は千五百円きりで、それ以上、持って歩かないようにしていた。

それでなんとかやり過ごすよう自分を律していたのだ。

煙草をひと箱。

ホットドッグを一本。

文庫を一冊。

コーヒーを二杯。

それから、三本立ての安映画。

十八歳といえば、美術学校の生徒になりたてだったはずだが、いつ学校に行っていたのか覚えがない。覚えているのは、よく雨が降っていたということだ。土曜の夜にオールナイトの映画を観終わって外へ出ると、決まって小雨が降っていた。やけに静かで、寒くて、どこか遠くでサイレンが鳴っていて、始発電車を待つあいだ、ずっとあくびが出た。もったいないくらい白くて温かいあくびだった。

ついでに言うと、あくびが出ないときはため息ばかりついていた。

何かに対して無性に腹を立てていた。それが何だったか思い出せない。かくも時間はおそろしい。思い出せないことばかりである。思い出せることも、ところどころ水族館のガラスごしみたいにぼやけて見える。

ろくろくよ、悪いけど、お前さんの顔もぼんやりして、はっきりしない。

どんな顔をしていたっけ？

いや、もちろんすべて忘れてしまったわけではない。

彼がカバンの中からくたくたになったサリンジャーの文庫本――決まって『フラニーとゾーイー』だった――を取り出し、適当にすっ飛ばしながらでたらめな朗読をしていたのを覚えている。なにしろ彼はしょっちゅうあれを読んでいた。ところかまわず読み上げ、舌をかんで言葉に詰まると、

「ろくろくさんじゅうろく、ろくろくさんじゅうろく――」

そう言って、舌の運動をしていた。

「これを唱えると舌が動きやすくなる。ろくろくさんじゅうろく――」

繰り返される彼の声を覚えている。僕はいまだに『フラニーとゾーイー』を読んだことがないけれど、思い出される彼の声は、ほとんどその一節ばかりだ。

それと、彼は奇妙な「眠り病」におかされていた。

いま話をしていたかと思うと、ふいに寝息をたて始め、あきらかに体から力が抜け落ちてぐったりしてしまう。あれ、寝ちまったか、と思っていると、また何ごともなかったかのように話のつづきを始める。

どうやら彼は眠りと覚醒の境界があいまいで、自分でも眠っているのか起きているのか分からなくなることがあるようだった。それは夜の眠りにおいても同じことで、だから彼には本当の意味での睡眠がなかった。常時、夢とうつつを往き来していた。

「つまり、なんというか」――これが彼の口ぐせである――「なんというか、光と影が入れ替わり立ち替わり通過していく感じなんだよ。僕にとって、眠りとか夢っていうのは、引きちぎられた紙屑みたいなもので、よく見ると紙屑に何か書いてあって、なんだろうって読もうとした瞬間、目が覚める。もしかすると、僕はみんなよりずっと早いスピードで人生を送っているのかもしれない。フィルムの早まわしみたいに。一日のうちに何度も日が暮れて、眠って、また朝が来て、また暮れて、また眠る。こんな調子じゃ、あっという間に歳をとってしまう。僕は早死にだよ。だから、いまのうちにたっぷり映画を観ておかないと」

彼も映画が好きだった。

「もし、早死にしなかったら、いつか映画監督になってみたい」

でも、彼と映画館に行って分かったのだが、彼の映画鑑賞はなんとも哀しく不完全なものだった。彼にとって一本の映画はシマウマのようなもので、シマウマの白いところだけを観て、あとの黒いところ――つまり半分である――は眠っている。その周期はおよそ十五分で、彼はその縞状に途切れる眠りの中で断片的な夢を見ているようだった。

映画を観ているうちに眠りに入って夢を見る。夢から覚めると目の前に映画があり、しばらくすると、また夢に戻って、目覚めると映画に戻る。延々、この繰り返し。

「いや、いい映画だった。笑って泣いて、笑って泣いたよ」

彼は映画館から出て外の空気を吸うと、いつでも大きな声でそう言った。

「映画ってのは、つまりなんというか、あれだよね、向こう側からやって来るもので、そこがいいところなんだよ。予告編なんか見ているとつくづくそう思う。カミング・スーンって出たりするだろう。もうすぐやって来るというあの感じ。あれがいいんだよ。はっきり言って、僕は予告編だけでいい。もし、早死にしないで生きのびることができたら、僕はいっそ予告編だけを作る映画監督になってみたい」

「予告編だけ？」

「そう。生涯をかけて予告編ばかり作る。どこまでいっても本編は作らない」

ろくろくはこの思いつきが気に入ったらしく、それからは彼が作ってみたいという「予告編」のプロット——と言うのだろうか——を、散々、聞かされることになった。

巨大な白鯨の幻想に誘われて詩を書く青年の話。博物館に住む奇妙な一家の物語。閑人ばかりが集まるカフェの話。世界の果てにある小さなレストランの物語——。

物語とはいっても、ほんのさわりだけで、予告編というものがあらかたそうであるように、その背後に語られていない何ごとかが隠されている——好意的に捉えれば、彼が思い描いているものはどれもそんな印象だった。

「いや、もっといいことを思いついたんだよ」

彼の〈予告編映画〉の計画は日に日に進化していた。

「予告編を作ったら、今度はその映画のポスターを作る。パンフレットとかもちゃんと印刷して、何から何まで普通の映画と同じように製作する。でも、本編だけは作らない。どうだい、これってなかなかのアイディアだろう」

たしかに面白いような気もした。でも、結局のところ宣伝物や販促物の類を作るわけで、それは美術学校に通っていたわれわれが目指すデザイナーの仕事と同じだった。

「いや、それは違うよ」

ろくろくは、いつになく強い口調で否定してみせた。

「これは、なんというか、宣伝だけがそこにあるっていうことなんだよ。宣伝してるけど、中身はどこにも存在していない。そこが面白いんだよ。つまり、なんというか、なんというか——ろくろくさんじゅうろく、ろくろくさんじゅうろく——」

「つまり、向こう側から何もやって来ないってこと?」

「そう、そのとおり！　何もやって来ないんだよ。でもそれは、たしかに向こう側にある。気配のようにね。それでいいんだよ。それだけで、きっと何かが始まる。そこが肝心。始まるってことがね。そして、それは決して終わらない。だって、それはやって来ないわけだから。理屈では、どこまでもつづくことになる」

——ふうむ。はたして、そうなんだろうか。

「僕はさ、二時間かそこいらですべてが終わってしまうことに、ときどき我慢できなくなるんだよ。THE END って出る、あれが憎らしい。だから、一度でいいからおしまいのない映画を観てみたい」

正直言って、僕には彼の考えていることがもうひとつ分からなかった。美術学校の友人たちは多かれ少なかれこの手のおかしなことばかり考えていたが、ろくろくの〈予告編映画〉は中でも群を抜いていた。

でも、それからしばらくして、こんなことがあった――。

とある日曜日の夕方、僕とろくろくはいつものように三本立ての映画をたっぷり観たあと、どこかで酒を飲もうということになった。たしか、二人で劇団か何かのポスターを作るアルバイトをしたところで、ふところにちょっとした臨時収入が舞い込んでいたのだ。それで、僕らには馴染みのない大人のバーに行って乾杯しようと考えた。

そのバーは街なかから外れた細長いビルの地下にあり、やたらに長いカウンターがひとつあるだけのおかしなつくりだった。十五メートルはゆうにあろうかという木のカウンターで、それが夜の滑走路のように妖しく光っている。

僕とろくろくは大人ぶってカウンターの端に腰かけ、よく分からないけれど、「こういうときは、まずジントニックだろう」と、こそこそ囁き合った。

時間のせいか日曜日のせいか他に客はなく、カウンターの向こうにバーテンダーが一人いるだけだ。

「かしこまりました、ジントニックですね」

バーテンダーは僕らが未成年であることに気づいていただろう。面長のワニのような顔をしていて、オーダーを聞くと黙って奥へ行ってしまった。

おそらく、ジントニックを作っているバーテンダーの定位置とわれわれの距離は十メートルほど離れていたように思う。そのうち、「お待たせしました」と声が聞こえ、声の方を見守っていると、グラスがふたつ、カウンターの上を滑ってきた。一着、二着といった感じで目の前にぴたりと止まり、驚いたことに中身は一滴もこぼれていない。ろくろくと僕は顔を見合わせ、あるいは、大人のバーにおいては、これくらい常識なのかもしれないと背筋が伸びた。なるべく平静を装ってグラスに口をつけたが、一瞬で唇が張りついてしまうくらいよく冷えたグラスだった。

「これって――」

ろくろくは喉をごくりといわせて目を輝かせた。

「なんだか、夢の中みたいに旨いんだけど――」

そう言って、僕の顔を窺っている。

「いや、ときどき分からなくなるんだよ。いま、自分が起きてるのか眠ってるのか」

僕もろくろくの様子を窺っていた。

「いまのところ、君は起きているみたいだけどね」

「いや、ちょうど夢を見ているみたいなんだけど――」

彼は犬のように身震いをし、一気にグラスの中のものをあおると、すぐにおかわりを注文した。

「かしこまりました」

十メートルの彼方から声が返り、しばらくすると、またグラスが滑ってきて目の前にぴたりと止まった。そうしたすべてが夢に見えるのか、ろくろくはしきりに頭を振って目に映る光景を見きわめようとしていた。

僕としては、その店に来てから、ろくろくが一度も居眠りをしないのを不思議に思っていた。映画館では何度も眠りこけていたのに、たてつづけにあおったジンのせいなのか、ろくろくの目はしっかり見開かれて血走っている。

「大体さ――」

ろくろくは声を荒らげ、グラスをカウンターに置いて腕を組んだ。

「大体、彼女の言ってることはおかしいよ」

「彼女って?」

「彼女だよ。あのおかしなチョコレートの」

「ああ、エムのことか」

「僕はよく知らないけどね」

知らないはずがなかった。エムは美術学校の同級生で、年がら年中、m&mチョコレートを食べている変な女の子だった。派手好きで、着ている服からしてm&mチョコみたいな色をしている。まぁ、僕もその程度にしか知らなかったのだが、まさか、ろくろくが彼女と話したことがあるとは知らなかった。

「とにかくまぁなんというか、彼女が言うにはね――」

ろくろくは眉をひそめた。

「彼女に言わせれば、予告編しか作らないなんていうのは一種の逃避だって。いかにも学生らしいアマチュアな考え方だと。プロになったら、そんなこと通用するわけがないって」

「〈予告編映画〉のことをエムに話したんだ？」

「ちょっとだけね。将来、何をやりたいのかって話になったから、きっぱり言ってやったんだよ。予告編だけを作る映画監督になるって。ところが彼女は鼻で笑ったんだ。いまはそんな絵空ごとを言っていても、いずれ、中身のあるちゃんとしたものを作らなきゃ駄目だって」

「ふうむ」

「だから、言ったんだ。予告編にだって中身はあるって。ていうより、その中身とかなんとか言ってるものが、実際にはろくでもないものばかりでうんざりだって。予告編はあんなに面白そうでわくわくしたのに、本編を見たらがっかり。そういうものが多すぎやしないかって。そうしたら彼女は、それでも私は断然、中身の方を支持しつづけるって。いつか、きっと本物の中身と出会えるはずだって。そう言いながら彼女はポケットから例のものを取り出して、赤と青と黄色のチョコレートをたてつづけに食べやがった。大体、ふざけてるよ、彼女こそ子供っぽいじゃないか。いつもチョコレートの匂いがする甘い息を吹きかけてくるくせに、プロの世界がどうのこうのって、つまりあれだよ、あれだ——あの——ろくろくさんじゅうろく、ろくろくさんじゅうろく——」

「まぁ、落ち着いて」

「落ち着いてるよ」

「君はつまり——」

「つまり、何だ?」

「エムのことが好きなんだろう。話を聞く限り、そんな気がするけど」

「そうかな」

「少なくともエムは君のことが気になってる。僕は彼女に甘い息を吹きかけられたことなんて一度もないし」

「そう?」

ろくろくは黙ってカウンターの角を見ていた。眠ってしまったのかと思ったがそうではない。そろそろ眠ってしまってもいいのに、とも思ったが、いつもの睡魔はまだやって来ないようだった。

「まぁ、彼女の言ってることは、あながち間違っていないんだけどね」

ろくろくは声を落としてそう言った。

「たしかに僕は自分が映画監督になれるとは思っていない。つまりその——本物のね」

「本物?」

「予告編だけじゃなく本編を作る監督のことだよ。たぶん、僕にはそれができない。そういう大それたことができない性質なんだよ」

「でもさ——」

僕がそう言いかけたとき、ついにろくろくの目が閉じられて体が椅子からずり落ちた。まるでスローモーションのように床にへたり込み、張りつめた糸が切れたようにそのまま動かなくなった。

〈戸田犬猫病院〉――看板にはそうあった。

空には呑気な月が浮かび、ろくろくを背負った僕とワニ顔のバーテンのシルエットが路上に青く伸びていた。雨ばかり降っていた記憶の中で、そこだけのんびりとした月夜の晩だ。

僕には分かっていた。ろくろくは眠っているだけなのだ。だから、犬猫用の小さなベッドに彼が寝かされても異存はなかった。そもそも、日曜の夜なのだし、病院と名のつくところがバーの裏手にあっただけでも奇跡だった。

店に戻るワニ氏に礼を言い、しばらく一人で待っていると、診察室の奥からスリッパの音が近づいてきて、

「どうしたんだ、こんな時間に」

しわがれた声が腹に響いた。普通、しわがれた声は腹に響かないものだが、その声の

持ち主が戸田院長で、

「大体、今日は日曜じゃねぇか」

白黒混合の頭髪が爆発したように弾けていた。肉厚ガラスのやけに太い黒ぶち眼鏡をかけている。よく見ると、その奥に人なつっこい目が光っていて、どうにか、かろうじて白衣と言えそうなものを引っかけていた。

「で？」

「あ、いえ――」

「このだらしなくなっているのが急患かね。私にはどう見ても人に見えるんだが」

「ええ、人なんです、すみません」

恐縮して僕は頭を下げた。

「で、コヤツはどうしたんだ？　私には酔いつぶれているように見えるんだが」

「ええ。そこのバーでジントニックを五杯もたてつづけに飲んで――」

「ジントニック！　そらまた奇遇だな。俺も月見をしながら同じものを飲んでた」

「それはそれは」

「それはそれはじゃないっ。君らは未成年だろう。未成年ならもっと慎ましく飲め」

「はぁ」

「はぁ、じゃないっ――と言ってもあれか、君が意識を失ったわけではないのだな、いや、失敬失敬」

先生は聴診器を取り出し――それはやはり犬猫用だったろう――あばら骨が浮き出たろくろくの胸と腹を診ていたが、先生にもジンがまわっているのか、節くれだった両手が小刻みに震えていた。

「やはりな」

ひととおり診て、先生は吐き捨てるように言った。

「こいつは、ただ眠っているだけだ。そのうち目を覚ます」

そう言って、ぶつぶつつぶやきながら奥へ消えてしまった。

おかしな夜だった。それこそ予告編のように思わせぶりで脈絡がない。でも、そこにはどこかしら言いようのない穏やかさがあった。

アルコールの匂いと、かすかな獣の臭いと、窓の外の月明りと。

ろくろくの安らかな寝息を聞くうち、僕もいつのまにか自然と眠りに引きこまれた。


「あ？」

という声に気づいて目をひらくと、ろくろくが目を覚まして、こちらを窺っていた。

「ここはどこだっけ」

「病院だよ。君は気を失ったんだ――」

そこで僕はひとつ嘘をついてみたくなった。

「映画を観ている途中で急に様子がおかしくなって、救急車で運ばれた」

「救急車？　なんだか学校の保健室みたいだけど」

「あいにく日曜で、ここしかあいてなかった。でも心配ない。命に別状はないよ」

ろくろくは小さな診察台の上で窮屈そうに体を起こし、「すごく長い夢を見てた」と息をついて、ポケットから煙草をつかみ出した。

「こんなに長い夢は初めてだよ。一度も途切れなかった」

気だるそうに煙草に火をつけている。

「夢の中でおかしなバーに行ったんだよ。君も一緒だった。巨大なカウンターがひとつあって、バーテンダーがワニだった。ワニが服を着てジントニックをつくってる。そのグラスがカウンターの上を滑ってあらわれるんだけど、すごく旨くて、どんどんおかわりしていたら、いつのまにかエムがあらわれた」

「エム？」

「エムだよ、エム。知らない？　いつも色とりどりのチョコを食べてる女の子。あの娘がカウンターの上を滑ってきて――」

僕はつい笑ってしまった。

「それで？」

「それで、こう言うんだ。『今晩は。私は予告編です』って」

「何だい、それ」

「うん。たぶん彼女は向こう側からやって来たんだよ」

「向こう側？」

「それはやっぱり――なんというか――本編だね。彼女は本編の国からやって来たメッセンジャーで、こっそり教えてくれるわけだ。いま、本編の方はこんな具合になっているって。だから、あなたは――あなたっていうのは僕のことだけど――私の情報をもとに、どんどん予告編を作りなさいって。で、最新の情報を目の前で披露してくれるんだけど――」

「披露?」

「そう。彼女は映画そのもので、つまり彼女が映画なんだよ。だから、彼女はあらゆる登場人物になり代わって、赤いドレスを着たり、黄色いマフラーをしたり、青い靴を履いたりする。彼女と一緒にいるだけで、どんどん映画が見えてきた。驚いたよ。向こう側には色とりどりの本編が山ほど待機してる。それがまた、どれもいい映画で、ひさしぶりに笑って泣いて、笑って泣いたよ」

ろくろくの吐き出した煙草の煙が空気をまだらに変えていった。

「なんだか、俄然、映画を作りたくなってきた」

「それは例の予告編のこと? それとも本編の方?」

ろくろくはその問いに首を振って答えなかった。

ただニヤニヤとして、煙草の煙をぷかりとひとつ吐いただけだった。

それから、ろくろくは学校に来る回数が減ってきて、気づいたときには、まったく姿を見せなくなっていた。誰も彼の電話番号を知らず、住所も名前も知らなかった。事務局で訊けば分かっただろうが、彼に限らず学校に来なくなってしまう生徒は沢山いたので、あらわれなくなれば、それまでだった。去る者は追わず。自分は自分。他人は他人。あのころは、どこかそういう空気があった。

僕がろくろくについて思い出せることも、これでほとんどすべてである。これだけ思い出しただけでも大したもので、当時、あんなに夢中になって観た映画も、結局、ほんのちょっとした断片しか覚えていない。

そんなものである。

人の記憶に残ることなど、引きちぎられた紙屑くらいのものでしかない。それはまさしく、ちょうど〈予告編〉くらいの分量ではないか。

僕は学校を出たあと広告代理店で働くようになり、以来、地味で短いコマーシャル・フィルムをいくつも作ってきた。作るたび、ろくろくの〈予告編映画〉を思い出す。そして、彼が言っていた〈本編〉について考えた。

はたして、〈本編〉とは何なのか——。

もしかして、この世のあらゆることは、どこまでいっても〈予告編〉にすぎないのではないか。

ときどき、そう思う。

僕らは皆、〈本編〉を望むふりをして、それを迂回しつづけている——。

「まだ本当のことは何も始まっていない」

そう自分に言い聞かせ、言葉に詰まるたび、「ろくろくさんじゅうろく」と唱えてきた。

そして、とうとう、そのろくろく三十六歳になった。

もう、いい加減、「向こう側」へ行かなくてはならない。

あのときのエムのように、僕もまた誰かをそそのかしたり導いたりする役目を担うところへ来た。そういう年齢だ。

いや、しかし、それにしてもだ。
なんというか――。
ろくろくさんじゅうろく、ろくろくさんじゅうろく、ろくろくさんじゅうろく――。

フィンガーボウルの話のつづき・12

フェニクス

No.005113

そこへ来て五日目の朝、彼はティーカップの中に小さな金色の鳥が飛ぶのを見た。まだ飲み始めたばかりの紅茶に空が映っている。

彼は夫人と二人、テラスにいて、夫人はパンケーキを切り分けながら海の方を眺めていた。どことなく何かがぼんやりしているような朝だったが、彼はティーカップの中に金色の鳥の影を見たのだ。

念のため、頭上を確認してみたが、空に鳥はいない。ましてや、金色の鳥などいるはずがなかった。

彼は小さく息をついて目を閉じた。

残像があった。体長は十ミリほどだろうか。微細な羽根の震えを見たような気がした。金色の粉のようなものがカップの中にまき散らされている。

「フェニクス」と彼は言った。

正しくは「フェニックス」だろうが、彼はそれを「フェニクス」と呼んだ。

「え？」と夫人は海に向けていた目を夫に向けた。

夫はシャツの第二ボタンを指でつまんでいる。何かじっくり考えたいとき、彼はいつもそうしていた。夫人は夫のそんな姿を三十年近く見てきたので、彼がすでに小説の世界に埋没しつつあることを知り、悠然としてパンケーキにシロップをかけた。

シロップは金色で、いい感じにバターと溶け合っている。誰が焼いたか知らないが、

「上等なパンケーキだわ、これ」と囁くように言った。

夫は聞いていない。彼は無駄と知りながら、そっとティーカップの中を覗き込んだ。紅茶の表面にさざ波が起き、それは夫人の足首がテーブルの脚に当たったためだったが、彼はそれを見てひどく満足した。

「フェニクス」

と彼はもういちど繰り返した。

「これで書ける。金色の鳥の話だ」
何かのおまじないのように紅茶を飲み干し、夫人は素知らぬ顔をしていた。どこから
か海鳥が鳴いているのが聞こえたが、夫人は夫が口走ったことを聞き逃さなかった。
夫はついに発見したのだ。探しあぐねていた最初の一行を――。
彼は指先についたシロップをフィンガーボウルで洗い終えると、「先に部屋に戻る」
と立ち上がった。椅子の背もたれにかけてあった白いカーディガンを手にし、足早にテ
ラスの奥へ消えていく。
その背中を見送りながら、これから数ヵ月のあいだ、夫はまた向こう側へ行ってしま
うのだと彼女は思った。ポットから熱い紅茶を注ぎ、カップの上にたちのぼる湯気をし
ばらく見ていた。
「フェニクスって何のことかしら。金色の鳥とかなんとか――」
夫人は首をのばして夫のティーカップの中を覗いてみた。
何も見えない。これまで、彼女に何かが見えたことは一度もなかった。
「さて」

誰に向けるでもなく彼女は言った。

「また、忙しくなるわね」

遠くから波の音が聞こえていた。

ゆるやかで正確な繰り返しだった。

フィンガーボウルの話のつづき・13

ハッピー・ソング

No.2983093

夜の街のどこか隅の方にある扉をあけ、すっと向こう側へ行ってみたいと思う。

夜が始まるたび、タクシーを拾うのをやめて、その扉を探してまわろうかと考える。

少し前の私だったら――いや、もうずっと前と言うべきか――夜の数時間などあっさり棒に振って、無駄と知りながらも数ブロックを歩きまわったろう。意味ありげに立ちどまり、少し薄暗くなった路地のあたりに目を凝らして――。

でも、私はもう若くない。若くないと思う。若くないと思うことにしている。

探究心はすぐに音をたててしぼみ、目尻を見るたび愕然《がくぜん》とする毎日だ。

「そう?」と私の昔の相棒が言った。

彼女はいま、街で一、二を争う人気のデリカショップ〈グレース・キッチン〉を営んでいる。でも、ほんの少し前――いやいや、ずっと前だ――彼女は私とふたりで歌を歌っていた。アニーとグレース。ふたりきりの楽団。まるで売れなかった女の子たち。

「アニー、あなた、まるで変わらない。まだまだ現役だから」

「そう?」と今度は私の番だ。

「そうよ。人前で歌うっていうのはそういうこと。わたしをご覧なさい」

「あなただって――」

「太ったでしょう」

「そう? あなただって、街の真ん中に店を構えて、年がら年中、笑っていなければならないでしょ」

「ただのデリカショップの太ったおばさんよ」

「太ってないわ、ちっとも」

「今度、体重計見せてあげる。びっくりするわよ」

「そう?」

「あなたはいつもぴかぴかのギターを手にしてる。わたしが手にするのは、せいぜいハムのかたまり」

私はたしかにいつでもギターを持ち歩いていた。でもそれは私が私でありつづけるための「なんとか」で、その「なんとか」が何なのか知らないけれど、たぶん、大事な「なんとか」なのだろう。

でも、それがこのごろ少し重たかった。ギターそのものか、それとも「なんとか」なのか、あるいはその両方か。

だから、夜の扉を探すことなどあきらめ、さっさとタクシーを拾ってしまう。

手を挙げて目の前に黄色いドアが停まるのを眺め、ドアは街のネオンを反射して手品のように音もなくひらく。私は身を屈める。乗り込もうとする。とそのとき――、

「違う。この扉じゃない」

小声でつぶやいている自分に気がつく。

部屋にいると電話がたてつづけに鳴るが、出ないようにしていた。

誰なのか分かっている。私の三人目のマネージャー。三人目にして初めての働き者で、料理上手の奥さんがいて、おとなしく控えめなグレイハウンドを飼っている。ネクタイの趣味はいいし、シャツの袖から金のブレスレットをちらつかせることもない。それだけでも神に感謝しなければならないが、いずれにせよ、仕事の電話には出たくなかった。本当に話すことが何ひとつない。

コールが鳴りやむと、しばらく街の雑音だけが残った。

「そろそろお茶にしましょう」

アパートの階下で、耳の遠い夫に夫人が呼びかけている。

そしてまた電話。

ごめんなさい。でも私、何も決められないから。譜面は依然として真っ白なままで、レコーディングの日程どころか、今日の夕食に何を食べるのかも決められない――。

言い訳の台詞が頭の中をかけめぐった。

コールが止まる。ふう。私はどうしていいか分からなくて爪を噛んでいる。

そうだ、そろそろお茶にしましょう。

お湯を沸かさなきゃ。ケトルにミネラルウォーターをたっぷり入れてコンロの栓をひねる。火がついたら、腕を組んで静かに黙って待つ。お茶を飲むのもいいけれど、私はお湯を沸かすことそれ自体が好きだ。音をたてて水がお湯となり、やわらかい湯気になって空気に溶けていく。

私が歌いたいことは、たとえばそんなことなんだけれど――。

店が終わったころを見計らい、グレースに電話をして近くのカフェで会った。カフェはいい。いつ行っても湯気に充ちているから。

「アニー――」

グレースは曇った眼鏡をはずしながら言った。目尻にずいぶんとしわが増えている。

「あなた、このごろ、わたしと会ってばかり」

テーブルの上にヘーゼルナッツ・マドレーヌとクランベリー・タルトが並んでいた。

「それが夕食ってわけじゃないでしょうね」

彼女は太い腕を抱え込むようにして言った。

「あのね、アニー、よく聞いて。もう昔のことだけど、二人で歌うのをやめようって決めたとき、わたし、こう思ったの。ああ、これでもうあの寒い町へ行かなくていいんだって。覚えてるでしょう？　あのパブ」

もちろん覚えていた。売れなくて、仕事がなくて、なぜか北の小さな港町をまわって歌っていた。誰も私たちのことなど見ていなくて、歌どころか、口がきけないほど寒かった。

「あなたが、ひとりで歌ってゆくと決めたとき、わたしには、あなたがあの寒い北の町の方を向いているように思えたの。わたしには、もうとてもそんな気力がなかった。わたしは南で過ごすのんびりした時間のことばかり考えてた。いまだってそう。わたしはいつもこう思うの。あなたは北へ、わたしは南へって。でもね、あなたはいまここで、少しだけ南の方を向いてみてもいいんじゃない？　南へ行って少し休むべきよ」

彼女は窓の外を見ていた。すぐそこの通りに「南」が迎えに来ているかのように。

「弟が冬のあいだだけ使ってる別荘があるの。どう、行ってみない？　休養よ」

私は窓の外を見ながら、彼女の弟ではなく、なぜか私の従兄であるケヴィンのことを考えていた。
私が――彼女が言うように――北の寒さと向き合っていたかどうかは分からない。でも、ケヴィンは確実に「北」をのぞんでいた。

母方の伯母には二人の息子があり、その上の方がケヴィンだった。私には兄がいないが、三つ歳上だった彼が私の兄のようなものだった。家が近かったので、子供のときからよく一緒に遊んでいた。だから、自然と彼の興味あるものは私にも興味あるものになり、その結果、私が男の子みたいになってしまったのは完全に彼のせいだと思う。

よく一緒に釣りに行った。キャッチボールもしていた。図書館に通い、ジュール・ヴェルヌの本をありったけ読んだ。ロープの結び方、いいスニーカーの条件、フリスビーの飛ばし方――なんでも彼に教わった。音楽に夢中になったのも彼の影響だ。

あるとき――たしか十二歳だった――彼の部屋に、それまで聴いたことのないレコードが流れていた。不思議な歌詞が歌われ、さまざまな響きの楽器が鳴っている。ひとつの曲は短めで、一曲が終わるとすぐに次の曲が始まった。静かな曲、激しい曲、エキゾチックな曲、悲しい曲、楽しい曲。テレビのチャンネルをまわすみたいに音楽が変わっていく。

「これ、ビートルズの新しいアルバム。すごくいいんだよ。昨日からずっと聴いてるけど、ぜんぜん飽きない。もう二十回は聴いた」

彼は「ほら、これ」とレコード・ジャケットを見せてくれた。真っ白な中に〈The BEATLES〉というバンド名だけが浮き出ていて、右下にゴム印で捺《お》したようなそっけない数字がある。それ以外はただ白いだけの質素なジャケットだった。

しばらくのあいだ、私は彼の部屋に行くたび、そのレコードを聴かせてもらった。レコードの溝はみるみるすり減り、純白のジャケットに汚れが目立ってきたころ、彼はどこからか古いギターを調達してきた。いつのまに覚えたのか器用に弾きこなし、レコードそっくりにビートルズの曲を歌ってみせた。

私はその姿に影響を受けて、すぐに貯金箱をひっくり返した。ありったけのお金を使って安いギターを手に入れた。ニスの匂いがきつい焦げ茶色のアコースティック・ギターで、いま思い返してみても、聞いたことのないメーカーのものだった。彼が歌うのに合わせて見よう見まねで歌ったり弾いたりすることが、釣りやジュール・ヴェルヌとは比べものにならないくらい幸福なことだと気づいていた。

でも、それから一年くらいしてビートルズが解散してしまうと、ケヴィンの興味はまた別のものへと移った。

「このごろ、灯台に魅かれるんだよ」

彼は部屋の壁一面に大きな地図を貼っていた。北側が海になっていて、岬が突き出て、その突端に赤い印が付いている。

「そこに灯台がある。いま、世界中の地図を調べているんだ」

彼はいつのまにか穏やかな大人の声を持ち、大人の声で、「灯台」と繰り返した。

「灯台のどういうところに魅かれるの」と訊くと、

「涯て」と彼はそう答えた。「それも、北の涯て」

「北の？」

「このあいだ読んだ本に、人間には北方志向と南方志向のふた通りあると書いてあった。それで考えてみたんだけど、僕はやはり北じゃないかと思う。北の方に自分の行くべき場所がある。だから、磁石の針みたいに北にひきつけられる」

「北に何があるの？」

「何もないよ。だからいい。自分で作り出さなければならない」

その夜、眠りに就く前に私はどちらだろうと考えてみた。「自分の行くべき場所」とケヴィンは話していた。そもそも、「行くべき場所」とは何なのか。

考えれば考えるほど頭の中が混乱してきた。


壁にいくつかの地図を残し、ケヴィンは十九歳の冬に家を出て、春になっても夏になっても帰ってこなかった。音沙汰もなく、たいした手がかりもないまま、捜索は二年で打ち切られた。

それから何年かして私はギター一本と何枚かのレコードを持って親もとを離れた。ギターはとっくにニスの匂いが消え、レコードの中にはケヴィンから借りたままになっていたビートルズの二枚組もあった。

そのとき、私はギターを弾いたり歌ったりすることが自分の仕事になるとは思っていなかった。結局、自分の行くべき場所に私は一度も行ったことがない。

私は北の涯てにも南の涯てにも行きたくなかった。

私は人と人が重なり合うように生活している場所にしか安らぎを得られない――。

でも、ケヴィンはあの地図に打たれた赤い印に到達したのだろう。

きっと彼はいまもそこにいて、灯台守か何かをしている。いや、それとも「灯台」というのは何かの象徴だったのだろうか。

そこには何もない。だから自分で作り出さなければならない――彼はそう言っていた。

私も壁に地図を貼ってみようか。灯台のあるところに赤い印を付けて。


「どう、アニー、行ってみない？　暖かいところで頭と体を休めるの」

グレースが眼鏡をかけなおすと、右と左のレンズに私が映っていた。

「そうした方がきっといい」

「やっぱりそうなのかな」と私は小さな声で応えた。「あのね、グレース。正直に言ってほしいの。あなたが一番分かってるはずだから」

「何を?」

「歌のこと。私の。私の作る歌、昔とくらべてどう? どこかおかしくない? たしかに、あのころにくらべたら、ずっと沢山の人たちに聴いてもらえるようになった。でも、何か違うの。あなたなら分かるでしょう。分かるから、私に南へ行けと言うのでしょう?」

グレースは窓の外を眺め、「あなたが言うほど、わたしにはよく分からないけどね」と息をついた。「でも、あなたの歌が変わってきたとは思う。このあいだのアルバムを聴いてそう感じたの。なんていうか、あなたは、とても大きなことを歌おうとしている。自分ひとりで大きな荷物を背負ってるみたいに」

私は黙っていた。

「聴いていて少しつらかった。また、あなたが北の方を向いていると思ったから」

私も窓の外を見た。

映画の帰りか、ディナーの帰りか、あるいは残業を終えて家路を急ぐのか、いろいろな背格好の見知らぬ人たちが窓の向こうをつぎつぎ通り過ぎていく。

グレースが声をたてずに笑った。

「なんだかおかしい。みんな黙ってうつむいて、おまけに恐い顔して」

言われてみれば、たしかにおかしかった。私だってグレースだってひとりで街を歩くときには、たぶん同じような恐い顔をしているんだろうけれど。

「でも、意外とみんな頭の中でハッピーな歌を歌っているのかもしれないよ」

「え?」

「そういうことってない? わたしはいつもそう。はたから見たら恐い顔をしているかもしれないけど、じつは、頭の中では陽気に歌ってる」

そうだ。私も昔はよくそうしていた。

そのうち頭の中の歌が勝手な変奏を始め、それがきっかけになって新しい曲が生まれることがあった。このごろ、なぜそうしなくなったんだろう。街を歩いているときは考えごとばかりだ。

「できれば、みんなが頭の中で歌うハッピーな歌を作ってほしい」

グレースがそう言った。

「あなたが昔作った歌、わたし、いまでもときどき頭の中で歌ってるのよ」

角の信号で「おやすみ」と言ってグレースと別れた。簡単に拾い集められそうなくらい、わずかばかりの星が出ている。

私はアパートまでの道を歩きながら、ひさしぶりに頭の中でビートルズを歌ってみた。子供のころ、よくケヴィンと一緒に歌った曲だ。自分でも驚くくらい、よどみなく、すらすらと歌える。

タクシーが通り過ぎ、ガソリンの匂いが青白くのこった。

その向こうに、地下鉄の駅から出てきた疲れきった人たちの姿が見える。黙って恐い顔をして散り散りに歩いてゆく。

私は立ちどまり、パーキング・メーターに寄りかかって彼らの後ろ姿を見送った。

しばらくそうしていた。

耳を澄ますと、街の騒音に溶けるように誰かが頭の中で歌う声が聞こえてくるような気がした。

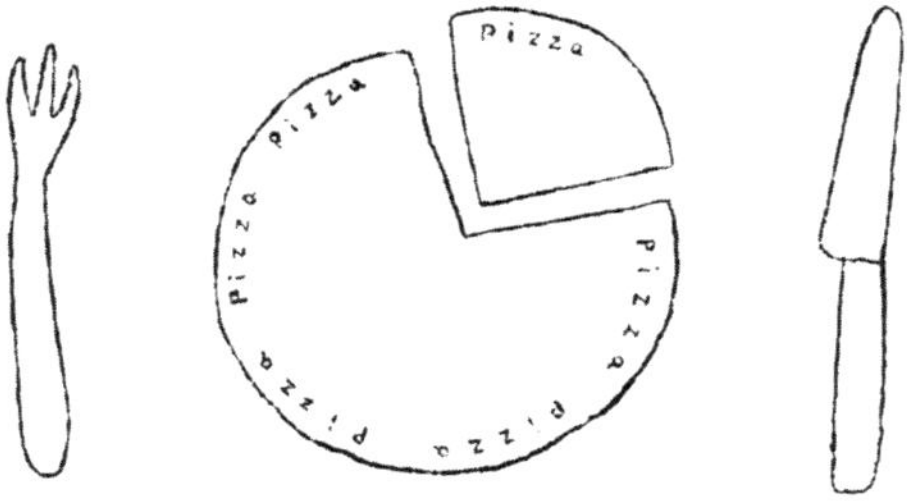

フィンガーボウルの話のつづき・14

ピザを水平に持って帰った日

No.A001609

一九七二年。

僕は十歳で、そのときはじめて「学級閉鎖」というものがこの世にあることを知った。先生が黒板にチョークの粉を散らしながらそう書いたのだ。

その冬は喉を急襲するたちの悪い風邪が蔓延し、多くの子供たちの扁桃腺《へんとうせん》が次から次へと腫れていった。そのころの十歳の子供なんてものは本当にちっぽけな存在で、世界に対して、まったく無防備に生きていた。だから、もちろん扁桃腺なんてものは知りようもない。それはおそらく目に見えない「線」のようなもので、それが次々と級友たちの喉から喉を結んでつながってゆく——そんなおかしな空想が頭の片隅にあった。

だから、そのうち自分のところにも必ず「線」は伸びてきて、皆と同じように喉の奥が赤く腫れるのだと覚悟していた。

ところがどうしてか、なかなか腫れない。

他のクラスが早々と学級閉鎖になっていくのに、うちのクラスだけ取り残されるようにぽつりと灯りをともしていた。廊下を歩くと、学校はどこもかしこも恐いくらいがらんとしていて、学校全体がいまにも雨を落としそうな暗雲に包まれている。

それが一週間ほどつづいただろうか。とうとう僕のクラスにも「線」が忍び寄り、端から一人ずつという感じで次々と結ばれていった。もちろん、「線」そのものを目撃したわけではないが、次第に増えていく空席をつなぐ「線」があるのは疑いようもなかった。

そして、ついに「学級閉鎖」――。

僕は黒板に書かれたその四文字を見たのだから、最後まで「線」で結ばれなかった数人の一人だったことになる。しかも、結ばれなかった者のほとんどがマスクをしていたので、正確に言うと、本当に扁桃腺と無縁だったのは、僕と、僕の隣の席に座っていた梶君のわずか二人だけだった。

「なんで、僕らの扁桃腺は腫れないんだろう」

梶君は眠たそうな顔で何度も繰り返しそうつぶやいた。本当は眠くなどないのだが、梶君の目は生まれつきとろりと眠たげで、彼と一緒にいると、こちらまであくびが出てきそうだった。

「そのうち腫れるよ、きっと。待ってなよ」

僕は励ますようにそう言ったが、

「つまらないなぁ」

梶君は空席だらけの教室を見渡して細い腕を組んだ。子供のくせに腕を組んだり、ちょっと首を横に振ったりして大人のようなしぐさをするのが彼の癖だった。言葉づかいも変に大人びていて、

「とにかくいずれにしても、この件についてはさ」

などと言ったりした。

「まぁまぁ、そうおっしゃらずに」

などと言ったりする。

梶君はその眠たげな様子とは裏腹に、大人しか知らないようなことをよく知っていた。扁桃腺についてもそれなりの知識を持っていて、「扁桃腺というのはですね」と腕を組みながら教えてくれた。

「英語でアーモンドというんです」

「アーモンドって、あのアーモンド・チョコの？」

「そう。形が似ているそうです」

なんだか奇妙だった。自分の喉の奥にひと粒のアーモンドがあり、それが赤く腫れ上がってしまうなんて――。

自分を取り囲む空気が、突然、おかしな色彩を帯びていくのを、そのとき、はじめて思い知った。

いま思うと、学級閉鎖になった一週間は長い休暇のようなもので、子供のころの一週間はじつに長く、その長い一週間を僕は梶君と二人きりで過ごした。特にそうしたかったわけではないのだけれど、他に選択肢がなかったのだから仕方がない。生き残った者は、生き残った者同士で仲良く寄り添っているべきだと子供心にそう思っていた。

「うちで遊ぼう」と梶君に誘われて、ほとんど毎日のように梶君の家へ出かけていった。本当は外でボール遊びでもしたかったが、梶君の母親が、「外へ出ると扁桃腺が腫れるわよ」とおどかすので、仕方なく家の中でゲームをしたりトランプをしたりテレビを見たりして過ごした。

大きな家だった。大きな庭があって、大きな犬が庭を走りまわっていた。

梶君の部屋は階段をふたつのぼった屋根裏にあり、そこには大人用の机や本棚に並んで大きな二段ベッドがあった。

「二段ベッドって普通は二人で使うものなんだけど、僕はひとりっ子だからひとりで寝ている」

そのベッドにしてもそうだったが、梶君の家にはさまざまな外国製品が揃っていた。父親の仕事の関係で梶君は日本からイギリスに転校し、それからまた日本へ戻ってきたらしい。ランドセルも梶君のものは焦げ茶色で横に長く、いちいち普通と違っていた。スリッパもコップも花瓶もすべて外国製で、ふと見上げた本棚には英語の本が何冊も並んでいた。

「梶君、英語、読めるの？」

「少しだけね」

「すごいじゃん」

「ナット・アット・オール」

「すごいじゃん！」

梶君は得意そうに目を細めたが、まったく眠っているような細い目だった。一体、彼の目には世界がどんなふうに映っていたのだろう。

「普通ですよ、君と同じ」

そう言って梶君はバウムクーヘンを頬ばった。

梶君の家では三時になると母親がお盆の上に紅茶とお菓子をのせて屋根裏部屋まで運んできてくれた。紅茶にはレモンの輪切りが浮いていて、お菓子は毎日違うものが出た。母親はまつ毛の長い目鼻立ちがくっきりした人で、あきらかに梶君の目とは無縁であるように見えた。

部屋の中での遊びに飽きると、僕たちは大きな庭へ出て外の空気を吸った。冬だというのに、意味もなくホースで庭に水をまき、ホースの先を指先で歪ませると、水の飛沫《ひまつ》が砕け散って、冬の陽を反射しながら枯れ芝に溶けていった。

庭は外壁と家屋に囲まれていて、片隅に一本、大きな樹が生えていた。

「それは樫の木です」と梶君が教えてくれた。

樹の下にはそこだけ別の時間が流れているような木造の小屋があり、枯れ葉と砂埃をかぶってひどく薄汚れていた。粘り強く生きのこった兵士のような小屋だった。

「小屋に入っては駄目よ」と言われていたが、梶君は母親の目を盗んで勝手に中に入り、ためらいながら僕もあとにつづいたが、四畳半ほどのスペースに段ボール箱が積み上げられていた。奥の小窓から淡い光が射し込み、段ボール箱にはマジックペンで〈1964〉とか〈1966〉と書いてある。

「物置きだよ。ここにあるのは全部昔のものばかり。だいたいどれも親父のもので、たとえば――」

梶君は手際よく段ボール箱を動かすと、「これ」と選び出して見せてくれた。

〈1967〉

そう書かれた段ボール箱をあけると、中には細々としたものがびっしり詰まっていた。動かなくなった腕時計や何かの半券。包み紙、絵葉書、手紙、手帳、ノート。それにいま思えば、岩波文庫が何冊か押し込まれていた。

「親父の歴史です」

そう言って梶君はすぐに段ボール箱のふたを閉じ、もとに戻すと、てのひらに付いた埃を手を叩くようにして払った。クラスの皆から「ひ弱なやつ」と言われていた梶君が、重たそうな箱を一人で動かしてみせたのが信じられなかった。

「こんなのもある——」

それはLPレコードの山だった。僕たちの背丈を超えるくらい高く積み上げられていて、少し背伸びをして、試しに山のいちばん上にあった一枚をつかみ取った。

ジャケットに、『ベラフォンテ・カーネギー・ホール・コンサート第2集』と印刷されている。「ベラフォンテ」が何者なのか知らなかったが、その名前は、強烈と言っていいジャケット写真と共にすぐに頭に焼きついた。それは真紅の半袖シャツを着たココア色の肌の男がギターを抱えてこちらを見ているというもので、たぶん、その人が「ベラフォンテ」に違いない。笑みを浮かべた口もとには健康そうな前歯が覗き、薄暗い物置きの中でそこだけ白く輝いて見えた。

「それ、聴いてみる?」

僕があまりに「ベラフォンテ」に見入っているので、梶君は怪訝《けげん》そうだった。

「え、聴けるの? ここで?」

「違うよ、僕の部屋でだよ」

梶君の部屋には外国製の大きなステレオ装置があり、重そうなふたをあけると、独特なオイルの匂いがあたりに漂った。梶君は手慣れた様子でレコード盤をジャケットから取り出し、ターンテーブルの上に載せて、じつに無造作に針をおろした。少しのあいだ、ぱりぱりという音がつづき、それからすぐに音楽が始まった。

にぎやかなような、静かなような、何とも変な歌だった。

が、変な歌だけれど、どうしてか最後まで聴かずにおれない——。

「ベラフォンテ——ベラフォンテ——」と何度もつぶやき、僕はこのレコードの持ち主である梶君の父親を想像していた。梶君が言うには、「うちの親父はとにかく仕事が忙しくて、めったに家にいない」とのこと。

「土曜や日曜なんかも仕事のつきあいで朝早くからいないし。毎日、夜は遅いし」

その姿の見えない父親がジャケットの中の「ベラフォンテ」と重なって見えた。

想像の中の梶君の父親は赤いシャツを着ていて、当然のように外国の車に乗っている。車の窓を最新式の自動スイッチで音もなくひらき、白い歯を見せて、手を振りながらスマートに走り去っていった。


長い休暇の最後の日に物置き小屋のレコードの山を崩した。

ジャケットに記されているのは、ほとんどが英語のタイトルだったから僕には読めない。それで、絵柄が面白いものを選んで鑑賞してみようということになった。眺めているだけでも充分楽しかったが、その気になりさえすれば、「聴ける」というのがレコードの魅力的なところだ。そこには、まったく未知の世界があり、その世界を把握できていない自分がもどかしくもあった。

そうしてレコードの山がだいぶ低くなってきたとき、それまでにない重さを感じて手にしたのが真っ白いジャケットのレコードだった。

「何だ、これ」

ベラフォンテとは違う引力がそこにはあり、「ああ、それ」と梶君は事もなげに言った。

「ビートルズだよ、それ」

ビートルズのことは名前だけ知っていた。有名な「グループ」――ロックとかバンドといった認識はなく、とにかく音楽の「グループ」ということだけが頭にあった。

「ああ、ビートルズか」

僕はいかにも「それなら知ってる」とばかりに応えたが、なぜかその真っ白なジャケットを手放すことができず、ただ白いだけの三十センチ四方を眺めていた。

「聴いてみる?」と梶君が言うので、

「ああ――そうだね、今日はこれで手を打っておきますか」

梶君の口調を真似てそう答え、本当は早く聴いてみたくて仕方なかったのを、どうしてなのか隠そうとしていた。


その日は三時になっても、おやつが出てこなかった。

「今日は家に誰もいないんだ。でも、お金をもらってるからあとで何か買いに行こう」

梶君は冷蔵庫からオレンジ・ジュースの大瓶を出してきて、派手な花柄のコップになみなみと注ぎながら言った。家の中はとても静かで、僕たちはジュースがこぼれないよう、そろそろと屋根裏部屋につづく階段をのぼった。

屋根裏の四角い天窓からまっすぐに陽が射し込んでくる。

僕たちはもったいぶって少しずつジュースを飲み、何も言わずに白いジャケットのビートルズのレコードを聴いた。曲が終わったところで何か感想を言おうとするのだけれど、すぐに次の曲が始まってしまうので、また黙ったまま聴きつづける。その繰り返しだった。

その音楽は、なんだかとても懐かしく、はじめて耳にしているはずなのに、長いあいだ自分の中に隠されていたもののような気がした。たぶん、次の曲がすぐに始まらなくても、十歳の僕はその不思議な思いを言葉にすることができなかっただろう。


二枚組レコードの最初の一枚を聴き終えたところで、

「何か食べるものを買ってこよう」

と梶君が立ち上がった。もちろん、僕もついていくしかない。

外に出ると夕方のやわらかい光が町を充たし、梶君の家の前は急な坂道になっていて、坂をおりきったところから商店街が始まっていた。

「ビートルズっていいね」と僕はおそるおそる言ってみた。

「ああ、なかなかだよ」と梶君がうなずいた。

学校にいるときと違って、梶君はずいぶんと荒っぽい話し方をしていた。眠たげな目もきりっとしているように見え、足どりも軽く、一度も立ちどまることなく僕たちは商店街をまっすぐに歩いた。途中で写真館の角を横丁にはいり、先立った梶君が「あったあった、こっちこっち」と嬉しそうに手招いた。

その横丁にあったのは小さなピザの店だった。持ち帰りの専門店で、その場で焼いたものを買って帰るようになっている。僕はピザという食べものがこの世にあることは知っていたが、一度も食べたことがなく、チーズの焼ける匂いが好奇心と食欲をひとまとめにして誘っていた。

「ちょっと待っていれば、すぐに焼けるから」

梶君はメニューをざっと見て注文すると、大人のようにそう言って腕を組んだ。

すると、ほどなくして店の主人が「おまちど」と声を上げ、梶君がお金を払うと、代わりに大きな平たい箱がこちらに差し出された。ＬＰレコードよりひとまわりくらい大きい紙の箱にカラフルな模様が印刷されている。

「いいかい」

主人が僕たちを見下ろして言った。

「ピザっていうのは水平に持って歩かなきゃ駄目なんだ。絶対にタテにしちゃいけない。斜めも駄目。いいね？　家に帰って箱をあけるまで、このままこうして両手で持っていくんだよ」

主人はそれを僕の両手に水平になるように持たせてくれた。箱を通して焼きたての熱さが伝わってくる。焦げたチーズのいい香りが鼻先に漂った。

「よし、急ごう」

梶君が急に大きな声を上げた。

「急がないと冷めちゃう」

そう言って、もう走り出していた。ピザを持っているのは僕なのだから、梶君が急いでも仕方ないのだが、「早く早く」と彼は声を上げて走っていく。僕は走ることなど到底できず、せいぜい早く歩くくらいが精一杯で、おまけに商店街が終わると恐ろしいような上り坂が待っていた。梶君はその坂の下に立ち、緊張した面持ちで僕を待っていた。

「ここからは僕が代わるよ」

そのときの梶君の目は、これ以上ないというくらいきりっとしていた。

僕から奪うようにしてピザの箱を手にすると、捧げるような手つきで持ちなおして、いきなり、「横から見て!」と叫んだ。

「横から見て、ちょっとでも水平になっていなかったら、すぐに教えて!」

梶君は足がもつれてしまうのではないかというほどの早歩きで坂をのぼり始め、僕も必死に早歩きをして、ピザの箱を逐一、横からチェックしつづけた。

「どう？」

十秒おきに梶君が訊いてくる。

「大丈夫。水平だよ」

まるで爆弾でも運んでいるような気分だった。

梶君は家に着いたあとも台所を走りまわってナイフや皿を準備していた。

「ピザっていうのは、冷めたら終わりなんだよ。ああ、ちくしょう」

梶君が「ちくしょう」と言うのを、そのときはじめて聞いたような気がした。

僕は息を殺して箱からピザを取り出したが、幸いまだ冷めていなくて、形もまったく崩れていなかった。

「よし」と梶君は気合いを入れ、慣れた手つきでピザを切り分けると、自分の皿と僕の皿に一枚ずつ載せてくれた。

「さぁ」

とにかく大急ぎで最初のひときれを食べなければならなかった。

しかし、はじめて口にしたそれは、おいしいと言えばおいしいけれど、パンのような、甘くないお菓子のような、あるいは、ご飯のおかずでもあるような、何とも言えないものだった。

梶君はひときれ食べてしまったら、もうそれでいいのか、「ビートルズのつづきを聴いてみようか」と二枚組の残りのもう一枚に針をおろした。

僕はようやくゆっくりピザを食べながらビートルズを聴き、舌と耳の両方から未知の外国を味わった。

繰り返しビートルズを聴いているうち、いつのまにか夜になっていて、「もう帰らなきゃ」とあわてて立ち上がると、「ちょっと待って」と梶君もあわてて立ち上がった。聴いていたレコードを白いジャケットにしまい、

「これ、持って帰りなよ。君にあげるから」

そう言って、こちらに押しつけてきた。

僕は梶君の言っている意味が理解できなかった。

「だって、これはお父さんのレコードだろ？」

「いいんだよ。どうせ、物置きにしまったまま忘れちゃってるんだから」

「そんなの駄目だよ。もらえるわけない」

「いいんだよ。あげるよ。記念なんだし。持って帰らないと絶交するよ」

梶君の目はきりっとしていたが、そんなものをもらって帰ったら、親に何と言われるか分からない。

「これは友達のしるしなんだ」

梶君はそう言ってきかなかった。

仕方なく僕はとりあえず持って帰ることに決めたが、それをそのまま持ち出して帰るところを、もし、梶君の父親か母親に見つかってしまったらどうしよう、とそれだけが気がかりだった。

考えた挙句、僕はレコードをピザの空き箱の中に隠して帰ることを思いついた。

「そんなことしなくていいのに」と梶君は言ったが、本当のことを言うと、僕はピザの箱を記念に持って帰りたかったのだ。

「もし雨が降ってきたりして、レコードが濡れちゃうといけないから」

急いで空き箱にレコードをしまい込むと、それは不思議なくらい、ちょうどぴったり収まった。

「じゃあまた明日、学校で」

「うん――ええと、あのさ、学級閉鎖が終わってからも、またうちで遊べるかな？」

梶君の目はいつもの眠たそうな目に戻っていた。

「うん、また来るよ」

梶君の眠たそうな目に僕はそう答えた。

坂道を下るとき、僕はピザの箱を水平に持っていた。途中で気づいて脇に抱えなおし、誰かに見られていなかったろうかと振り返ると、坂の上に見たこともないような大きな三日月が出ていた。

まるで、外国製みたいに色あざやかな月だった。
大きく深呼吸をしてから月に背を向け、僕は一気に坂道を駆けおりていった。

フィンガーボウルの話のつづき・15

フールズ・ラッシュ・イン

本当の名前は知らない。

「シナトラ」と皆が呼んでいた。フランク・シナトラが好きだったからだ。

ただし、顔つきはシナトラと正反対で、髪は両サイドをわずかにのこして禿げ上がり、鼻の下には洋服ブラシのような髭をたくわえていた。

アザラシに似ていた。男の子たちは——私もそのひとり——皆、シナトラの顔を見るたび笑い、シナトラも一緒になって笑って、笑いながら、食堂の前の路地に水を撒いていた。彼はその食堂の主人だった。

そういえば、食堂の本当の名前が思い出せない。なんとかいうセイロン風の名があったかと思うが、私たちは皆、「シナトラ食堂」と呼んでいた。

よく父に連れられて行ったものだ。

剝げ落ちた看板、雨音のする屋根、古材でつくったカウンター、くたびれた新聞――。

父がなぜあの店を好んでいたのか分からない。

「でもな、何か知れん懐かしい味がするんだよ」

父は母にそう弁明していたが、母にはまったく理解できないようだった。

「どうしてあんなところに子供まで連れて――」

眉をひそめて首を振った。そういうときの母はなぜかいつもより綺麗に見えた。

「家で食べてくださらないと変な噂がたちます」

父は「まぁ、いいじゃないか」とおどけたふりをし、私の膝頭を「コン」とひとつ叩いてみせた。それが、さぁ行くぞ、という合図なのだ。

「コン」は、たいてい日曜の朝と決まっていた。


日曜の朝はなぜかよく雨が降っていた。

父と私は傘をさして食堂までの道をゆっくり歩いた。ゆるゆると坂をおりて港の方へ出て行くのだが、そのときだけ父の大きな傘を借りていた。朝に降る雨はたいてい霧のような雨で、子供用の傘ではすぐに濡れてしまう。重い傘をゆらゆらと支え、少しずつ角度を変えながら歩いた。

歩くうち、かならず父が学校のことを訊いてきた。

傘でお互いの顔は見えないけれど、忙しい父と話ができるのはそのときだけだった。

「友達はどうなんだ」

「また少し増えたけど――」

「いい友達？」

「――たぶん」

「いまのうちに沢山つくっといた方がいい。大人になったら、いい友達をつくるのが難しくなる」

「そうなの？」

「そういうもんだよ」

父に限らず、大人たちは二言目には、「大人になったら」と言っていた。よく分からないが、大人になったら、楽しいことも哀しいことも同じくらい知ることになるのだろう。詳しいことは誰も教えてくれなかった。そのくせ、大人になったら何になりたいかと訊いてくる。そのころは「電車の運転手」と答えていた。

「俺も運転手になりたかったたな」

シナトラがせわしなくフライパンをあやつりながら言っていた。シナトラは食堂の主人だが、コックでもあり給仕でもある。

「でも、いつのまにかこうなってた。どうしてだろう」

日曜の朝の食堂は空いていて、父は決まった席に陣取って、新聞を読みながら黒くて苦そうなコーヒーを飲んでいた。いつも紅茶ばかりの父がそこではなぜかコーヒーを選んだ。ベーコン、マッシュルーム、レッドビーンズ、焼きトマト、目玉焼き、それによく焼いたトースト——そんなものを食べる。父は私にミルクがたっぷり入ったコーヒーを頼んでくれた。

食べ終わってしまうと退屈になる。父は新聞に夢中だし、外は雨で食堂の窓には雨の滴がびっしり貼りついている。気づかれないように食堂を抜け出し、向かいの売店を覗きに行くのが、ひそかな愉しみだった。店先に並んだ彩り鮮やかな菓子や絵葉書をひたすら眺める。ときどき売店のおばさんが「内緒よ」と言って飴玉をくれたりした。

売店の脇には痩せ細ってしょんぼりした老犬がつながれていて、骨ばった頭を撫でると、「ふうん」とせつなげな声をもらした。それが「フール」と聞こえるのか、皆がその犬を「フール」と呼んでいた。

ある日曜の朝、飴玉を目当てにフールの頭を撫でに行くと、フールの姿がなく、いつも彼が寝そべっていた一角にハンカチを切って作った小さな旗が立っていた。

〈Fools Rush In〉

下手な字で旗にそう書いてある。

「それ、食堂の旦那が作ってくれたの。歌のタイトルなんだって。いつも食堂に流れてるでしょう。あれよ」

おばさんがそう教えてくれた。

「本当はもっと長ったらしくて、ええと――Fools Rush In Where Angels Fear to Tread というのね。つまり、天使でさえも怖れるようなところでも、何も知らない愚か者は平気で踏み込んでしまう——そういう意味だそうよ」

私は黙って聞いていた。

「あのね」

おばさんは無理に笑ってみせた。

「フールは天に召されちゃったの」

そのときも食堂の蓄音機からシナトラの歌声が流れていた。

食堂にはシナトラのレコードがほとんど揃っていて、

「新しいのが出たら船で届けてもらってる」

それが主人の自慢だった。シナトラは——というのは、主人のことだけれど——本物のシナトラの歌声に合わせて小さな声で歌っていた。顔も似ていなかったが、声もまるで似ていない。でも、その歌声を聴きたかったので、私は父のそばから離れると、カウンターの椅子によじのぼって腰をおろした。

「あの——フールの——」

言いよどんでいる私に「旗のことだろ」とシナトラは言って、エプロンで手を拭きながら目くばせをした。

「あいつがいつもあそこにいたというしるしだよ」

カウンターごしにすぐ近くで見るシナトラの体はいつもよりずっと大きく見え、ズボン吊りの細かい刺繡が虹色に光っていた。

「昔はあいつによく吠えられたもんだよ。でかくていい犬だったけど、すっかり歳をとっちまった。いつのまにか俺よりも年寄りになっちまって」

「旗に書いてあるのは歌の題名だって聞きました」

「そう。『フールズ・ラッシュ・イン』。いい曲だぜ。いま、かけてやる」

シナトラはカウンターの奥にある棚を探り、ジャケットがボロボロになったSP盤を取り出して蓄音機の前に立った。背を丸め、針を盤に落とし、それから天井でゆっくりまわっている扇風機の羽を眺めた。蓄音機のラッパがパチパチと音をたて、まるで天井から天使が舞い降りてくるようにオーケストラの音が流れ出した。

「これだよ。トミー・ドーシー・オーケストラ！　最高にスイートだろ。学校で教えてもらうことも大切だけど、トミー・ドーシーの名前は絶対に覚えておけ」

その「スイート」な前奏につづいて、本物のシナトラとズボン吊りのシナトラが声を揃えて歌い始めた。父は新聞から顔を上げてしかめ面をしている。

シナトラはカウンターの中に戻ってきて、「どうだ、いいだろう」と父に聞こえないように言った。「フールズ・ラッシュ・イン。どういう意味か、お前さんに分かるか」

「さっき、おばさんに教わりました」

「そうか——ま、お前さんには難しくて理解できんだろうが」

シナトラは歌に合わせて楽しそうにハミングしていたが、私は「理解できんだろう」と言われたことが面白くなかった。またしても、「大人になったら」と言われたような気がしたのだ。

不服そうな私の顔に気づいたのか、

「じゃあ、面白い話をしてやろう——」

シナトラは天井を見上げて肩で息をした。

「昔の話だ。ある小さな村に女王様がお忍びでいらっしゃったときのこと。聞いたことあるか？」

「いえ」と私は首を振った。

「女王様はね、村の農園を視察にいらっしゃったんだ。その村の人たちは生真面目な人ばかりだったから、農園はきちんと整えられていて、皆、きびきびとよく働いていた。女王様はそれを御覧になって、すっかり気を良くされてね、質素な生活を送る村人たちのために、贅をこらした晩餐会をひらくことにしたんだ」

シナトラは話しながら眉を上げたり下げたりしていた。

「女王様はわざわざ都まで使いを走らせて、何人もの腕のいい料理人を呼び寄せた。食材はもちろんのこと、食器やテーブルまで最上のものを運ばせ、おんぼろな村の教会を宮殿の晩餐会さながらにしつらえた。驚いたのは村人たちだよ。誰ひとりとして、そんな豪勢な食卓についたことがない。だから、皆、戸惑った。つぎつぎ供される御馳走があんまり素晴らしくおいしいので、自分たちは夢を見ているんじゃないか、と口々に言い合って、しきりに頰をつねっていた」

そこでシナトラはぶっといい親指と人差し指で私の頰をつねった。

「痛いっ」

「そう、痛かった。夢じゃない。何もかも夢のような本当のことだったんだ。そうするうち、いよいよ宴もたけなわ、給仕がメインディッシュの野鳥のローストを運んできた。中に詰めものをして丸のまま焼いてある。もう匂いだけでうっとりするような逸品だよ」

喉がごくりと鳴った。

「さぁ、ここからが肝心なところだ。このひと皿と一緒に、小さなフィンガーボウルがテーブルに並べられたんだが——フィンガーボウルを知ってるか？　銀でつくられた上等なやつだ。そこへ透明な水がたっぷり入れてある。そいつは鳥の骨を取り分けた指先を洗うためのものだったんだが、村人たちは誰もそれを知らない。ひとりの村人がさっとボウルを手にし、いきなり中の水を飲んじまった。すると、他の村人も皆それを真似てつぎつぎ飲んじまった。給仕はあわてたよ。女王様はテーブルマナーにうるさい人だったからね。その様子を恐い顔で御覧になって、さぁ、どうなるかと給仕が固唾《かたず》をのんで見守っていると、次の瞬間——」

「さて、帰るとするか」

突然、背中の方で父の声がした。

「え？」と振り向くと、

「帰るぞ。母さんに香水のみやげでも買って行ってやろう」

新聞をたたみながら父は立ち上がった。

「じゃあ、このつづきはまた今度」

シナトラはレジを打ち、横目で私の方を見ながら小声でそう言った。

いつのまにか音楽は終わっていて、針音だけがパチパチと鳴っている。昼食をとるために来た客がテーブルについてメニューボードを見ていた。

私は仕方なくカウンターを離れ、父が代金を払っているあいだに、もういちど「フールの旗」を覗いてみた。白い布きれが路地を渦巻くゆるい風を受けて、うなずくように揺れている。

フールは行ってしまったのだ。天使でさえも怖れるところに。

そこはどんなところなんだろう？　大人になれば分かるのだろうか。

でも、フールは大人になりすぎたあまり、シナトラの年齢を超えてしまった。だからこそ、〈天使でさえも怖れるところ〉に行ってしまったのだ。

「さぁ、行こう」

父の大きな掌が頭の上にのせられた。

雨がやんでいた。私はポケットにしまっておいた飴玉を口に放り込み、シナトラに「じゃあ、また」と小さく手を振った。

今度来たとき、「話のつづき」を聞くのを忘れないようにしないと——そう念じながら父の傘を引きずり、角を曲がって路地を出ようとした。

と、背後からまたさっきの歌が聴こえてきた。

私は父に気づかれぬよう、立ちどまって聞き耳を立てていた。

——そこはやはり怖いところなんだろうか。

それとも、あの音楽のように「スイート」なところなんだろうか。

雲間からもれた陽が細長い路地に光と影をつくった。

それからほどなくして私たち一家は食堂のある港町を離れることになった。

あんなに「忘れないように」と思っていたのに、結局、私はフィンガーボウルの話のつづきを聞くことはなかった。

いまになって、急にそのことを思い出した。

いつのまにか私もあのときのシナトラの年齢を超えている——。

もちろん、〈天使でさえも怖れるところ〉にはまだ行ったことがない。

フィンガーボウルの話のつづき・16

Don't Disturb, Please
起こさないでください

No.A025036

いつものように塩をバスタブに流し入れた。

流し入れながら、なぜ清めの儀式には、ひとつかみの塩が必要なのだろうかと考える。塩はこの世とあの世、こちらとあちらのあわいに撒かれて盛られて擦り込まれてきた。

「およそ、この地球上に塩と無縁の地はないのです」

十文字氏が言っていた。

「体内にも塩はあります。われわれはどこまで行っても塩から逃れられません」

私はすでに塩なしではいられなくなり、それも、ただの塩では駄目だった。塩といったらシシリアン・ソルトである。出先で必要になったときのために、私はソルトを小瓶に詰めて持ち歩いていた。

大体、原稿はファックスで送ればいいのに、月に一度、わざわざ三十五分をかけて届けていたのは、ひとえにソルトが欲しかったからである。

その塩が湯に溶けていく――。

私は串焼き屋の煙に燻《いぶ》された衣服を脱ぎ、ゆうるりとバスタブの湯に身を沈めた。思えばずいぶん長いことゴンベン先生の顔を拝見していない。たしか連載が始まってから一度も会っていないのではないか。

塩を背負った帰り道、野毛町の路地裏にさしかかって、(もしや)と勘が働いた。ひさしぶりに赤提灯に照らされたボロのれんをくぐると、

「よぉ、吉田君」

はたして先生の声が煙の向こうから威勢よく聞こえてきた。

「いや、それにしても吉田君、あれは妙な雑誌だな。あのスパイス商會の――」

先生の白髪がまた少し増えている。

「まぁしかし、君が無事に書いているんでホッとしているよ。ずいぶん長いこと太らせ

ちまったからねぇ」

「いや、先生、あれは――」

「こないだ君に会ったとき、君がいきいきと〈食堂物語〉のことを話してくれたろう。あれを聞いて安心してはいたんだが、実際に読んでみると、なるほど、こういうふうに書いたのかと思ってね」

先生は勘違いしているのだった。私が〈タイニー・ボム〉に連載している一連のテキストを、長らく書きあぐねていた〈食堂〉の物語だと思いこんでいる。

「そうではないのかね？　私はそう読んだな。つまり、あの登場人物たちが食堂を訪れた客人で――」

「ええと――」

「いや、いいんだいいんだ。君が説明してはいかん、みなまで言うな」

「いえ、先生、あれは〈ホワイト・アルバム〉の――」

「君が自分で言ったのではなかったかね。〈食堂〉ではなく、そこに集まる客人たちの話を書きたいと」

「それはそうなんですが」

「そのとおりになった」

そのとき不意に闇の中からジュッとマッチを擦る音が聞こえ、頭の中の〈食堂〉に灯りがともるのが見えた。

ともしたのは、いつもの〈食堂〉の主人である。

マッチを吹き消し、相も変わらぬ太鼓腹をさすって、「世界に果てなどあるものか」と悪態をついている。

洗いたての白いテーブルクロスを「彼ら」の静かなテーブルにかけ始めた。

私は頭を振った。目の前には先生がいて、ニヤニヤしながら黒ビールをちびちびやっている。ふうむ。なるほどたしかに「彼ら」のために準備したテーブルクロスが、あの白いアルバム・ジャケットに見えなくもないが――。

塩がすっかり湯に溶けると体全体が塩に溶かされていく感覚に包まれ、湯が湯ではなくなって、そのうち自分が自分ではなくなった。

それと引き替えに、ひとつのイメージが浮かび上がってくる。

現像液の中の一枚の写真のように、次第に像を結んで色彩を帯びていく。それがいつでも一編の物語を呼び寄せた。

私は目をとじる。

浮かび上がってきたのは、あの〈小さな冬の博物館〉だ。私がジュールズ・バーンを知るきっかけとなったドアノブの並ぶ展示室の光景である。

あの夕方のしんとした寒さが再現されている。

私はマフラーを巻きなおし、息を白く吐きながら展示室の中を歩きまわった。

何の音もない。すべてが静寂の中にある。

壁から突き出ているドアノブをひとつひとつ鑑賞し、どれでもいいけれど、適当なドアノブの前に立ちどまって、真鍮《しんちゅう》でできたそれにそっと触れてみる。

ひんやりとして冷たかった。

手に力をこめると手応えがあり、さらに力を加えると――まわるではないか。

急ごしらえのものではなかった。ある時間を経た本物のドアノブである。

私はノブがそれ以上まわらないというところまでゆっくりまわし、そこでひと呼吸おいて、思いきりこちらに引いてみた。

音がして、壁に亀裂が走り、夜中の台所で冷蔵庫をあけたときのような光が漏れた。

部屋だった。

小さな部屋だが、一見して清潔でよく整えられている。三方の壁すべてに本棚があり、何かが整理されてびっしり並んでいた。本のように見えたが、いずれも同じ大きさで、どれもが同じように薄い。ざっと見積もって数千冊はあった。

何かの資料だろうか。

が、一歩近づいてよく見ると、それは本ではなかった。

レコードである。

真っ白いジャケットの、あの――。

端から順に一枚一枚手に取って見ていくと、ほとんどすべてに通し番号が刻印されていた。おそらく世界中から集められたものだろう。しかも驚いたことに、その白いジャケットはいずれも端正な手書き文字で埋めつくされている。英文で綴られたそれらを拾い読みすると、一枚一枚がひとつの物語になっているようだ。

取り出しては文字を追ううち、とまらなくなった。

ひとつ読み終えてまた次の一枚を読む。読み終えてはまた読み、次から次へと読み継いで、何度もため息をついた。

*

ドアを閉めるとすぐに壁に戻っていた。何ごともなかったかのように壁は壁のままで、ドアノブはどれほど力をこめても、もう動かない。

〈Don't Disturb, Please　起こさないでください〉

そう記されたシートが大きなクエスチョン・マークのように揺れていた。

フィンガーボウルの話のつづき・17

あとがきのかわりに

ジュールズ・バーンの話のつづき

No.A025036

彼をよく見かけたのは一九八〇年代の終わりごろだったと思う。正確には覚えていないが、冬であったことだけは確かだ。

息が白かった。空腹だった。いまも変わらないが、そのころもレコードばかり買っていて、いまはもうない渋谷や新宿や下北沢のレコード屋を渡り歩いていた。ろくに食べず、食費を削りながらLPやらシングルやらを抱えるほど買っていた。「つい昨日、イギリスから入荷したばかり」という得体の知れない新譜を買いあさっていた。と同時に、中古盤屋の新旧入り交じった混沌を探って、「何だ、これ」「知らないな」「これも知らない」「聴いたことがない」「聴いてみたい」と悶々としながら未知の音楽を追いかけていた。

そんな中古盤屋の混沌の中に、いつでも背を丸めた男がいた。

「いつでも」は大げさだが、印象としては、「たいてい」いたように思う。黒っぽい服を着て、寝癖だらけのサンゴ礁のようなヘアー・スタイルで、いかにも度の強そうな太い黒縁の眼鏡をかけていた。国籍不明、年齢不詳、もちろん職業など見当もつかない。ひとつだけはっきりしていたのは、彼が常にビートルズのコーナーだけをチェックしていたことだ。いつ見かけてもそうだった。他のアーティストにはまったく興味がないかのように。

どの店で見かけても彼はビートルズのコーナーに貼りついていた。八〇年代の終わりに中古レコード屋を回遊していたビニール・ジャンキーは記憶の底を探れば彼の姿を思い出すかもしれない。無精髭を生やし、よく見ると眼光が鋭く、背を丸めてビートルズのレコードをチェックしているおかしな外国人。

「あの外人さんはちょっと変わったコレクターでね――」

あるとき、中古盤屋の店主が常連客と話しているのを耳にしたことがあった。

「同じレコードばかり買っていくんだよ」

「同じって?」

「ビートルズの〈ホワイト・アルバム〉。あればっかり買っていく。何枚でも。あればあるだけね。もう何枚、買ったんだろう。ここんところ、うちに入ってきたのは全部、あの人が買っていった」

これには少しばかり――というか、かなり驚いた。というのも、何を隠そう、僕もビートルズの〈ホワイト・アルバム〉を買い集めていたからである。

*

ビートルズを最初に聴いたのは小学生のときだった。歳の離れたいとこから「これ、もう聴かないから」とシングル盤を何枚かもらったのがきっかけだった。

強烈だった。

なにしろ小学生である。缶蹴りをしたり、ゴムボールの三角野球に夢中になっていたころだ。夏休みの朝は、毎日、ラジオ体操をしていた。半ズボンをはき、膝を擦りむいて、また擦りむいて、また擦りむいて、という日々である。

そんな絆創膏と赤チンの匂いが漂う夕方に、『オール・マイ・ラヴィング』や『ア・ハード・デイズ・ナイト』や『ノー・リプライ』を聴いていた。どれも初めて聴いたときから、長いあいだ自分の中に隠されていた音楽のような気がした。「長いあいだ」といっても、まだ生まれて十年くらいしか経っていなかったのだが——。

小遣いをはたいて、少しずつ一枚五百円のシングル盤を買っていた。LPを買えるのは年に一度か二度。それでも、半ズボンを卒業して髪を伸ばし始めたりするころには、何枚かのビートルズのLPが集まっていた。

が、いちばん欲しいけれど、どうしても買えなかったのが〈ホワイト・アルバム〉で、なぜなら、このLPだけが二枚組で四千四百円という小学生にとっては気の遠くなるような値段だったからだ。

近所のレコード屋の店頭で何度も手に取った。レコード屋の親父にしてみれば、かなり奇妙な光景だったはずである。半ズボンの少年がときどきやって来て、ビートルズの〈ホワイト・アルバム〉をひたすらじっと眺めている——。

素っ気ない真っ白なジャケットには帯が巻かれ、「サーフィンからアバンギャルドまで全三十曲」とあった。サーフィンもアバンギャルドも意味が分からなかったが、とにかくそんなものが三十曲も入っているらしい。帯にはその三十曲のタイトルが並び、そのすべてが英語のタイトルだった。『抱きしめたい』とか『恋する二人』とか『涙の乗車券』といった邦題が見当たらない。やたらに長いタイトルのものが目についた。『ホワイル・マイ・ギター・ジェントリー・ウィープス』、『エヴリボディーズ・ゴット・サムシング・トゥ・ハイド・イクセプト・ミー・アンド・マイ・モンキー』、『ザ・コンティニューイング・ストーリー・オブ・バンガロー・ビル』

どれも意味不明で謎だった。しかし、それがまた魅力的で、この、コンテなんとかバンガロー・ビルという曲をぜひ聴いてみたいと思った。

しかし、どうしても買えず、仕方なく、いとこが持っていた〈ホワイト・アルバム〉を、カセット・テープに録音してもらって、ついに聴くことができた。

そこにはすべてがあった。それ以上、言いようがない。

何もかも全部揃っていた。甘いもの、辛いもの、優しいもの、鋭いもの、愉快なもの、訳の分からないもの、あっという間に終わってしまうもの、やたらに長いもの――。テープが伸びて駄目になるまで毎日聴いていた。無人島に持ってゆく一枚――正確には一組だが――はこれをおいてほかにない。断言できる。十歳のときから変わらない不動のベスト・オブ・ベストである。

その買えなかった〈ホワイト・アルバム〉を十五年後の中古盤屋でたびたび見つけるようになった。見つけるたび、眺めるだけだったあのころがよみがえり、「いまなら買える」と十五年越しの憧れを叶えたくなった。三つ子の魂なんとやらである。三つ子の無念は執念深く、無駄と知りながらも、目にするたび何組でも買った。馬鹿げていると思いながら、とにかく見つけ次第、買っていた。なにしろ、真っ白なジャケットなので中古盤は汚れが目立つ。より綺麗な白さに出合えば、間違いなく買っていた。たまに投げ売りされているときは、一度に何組も買ったことがある。

なにより通し番号が打たれているのがよかった――いや、よくなかった。いくら買っても、同じ番号のものはないのである。厳密に言えばすべて別もので、そんな言い訳を盾にして自分でも呆れるほど買い集めた。もし、あの番号が打たれていなかったら、あんなに何組も買わなかったと思う――。

気づくと、レコード棚に白いジャケットが並ぶ一角が増殖しつつあった。

*

そこへ、彼があらわれたのだ。

どうも最近、〈ホワイト・アルバム〉を見ないな、と思っていたら、異国からやって来た謎のライバルが活躍していたのである。そうと知って、彼を観察してみると、たしかに白いジャケットだけを抜き取ってレジに持ってゆく。

世界は広い。いや、世界は狭かった。

彼もやはり小学生のときに開眼したのだろうか。そして、どうしても高価な二枚組に手が出なかったのか――。

ライバルとはつまり同志のことである。

それで我々は仲良くなった――というのはフィクションである。仲良くなることもなければ、いがみ合うこともなく、そもそも知り合う機会もなかった。いつのまにか――いつだったろう――彼は姿を消し、たぶん、日本を離れて別の国へ移動したのだろう。その国で同じように中古盤屋に通い、ひたすら黙々と白いジャケットをハンティングしているに違いない。

「知り合う機会もなかった」と書いたが、まったくチャンスがなかったわけではない。一度だけ、ハンバーガー屋のカウンター席で隣り合わせたことがあった。中古盤屋の近くの店だから、偶然の度合いはそう大きくもないのだが――。

食べかけのハンバーガーをトレイに載せ、彼はその日の収穫と思われる買ったばかりのレコード――もちろん〈ホワイト・アルバム〉である――のジャケットを眺めていた。汚れて指紋が沢山ついた、ただ白いだけの三十センチ四方である。

眺めては手もとに開いたノートに細かい字で何か書きとめていた。英語かフランス語かイタリア語かドイツ語か、見分けのつかない極端なクセ字で、書いてはやめ、また白い正方形を眺めては、少し書いてやめる。

最初はシリアル・ナンバーを書き写しているのかと思ったが、どうやらそれだけではない。それだけではないことは分かるのだが、では、何を書いていたのかと訊かれても、さて——。

しかし、彼は書いていた。

書きかけては顔を上げ、遠くを見る目になって、また書いた。そして、白いジャケットを眺める。あたかも、彼にはそこに浮かび上がる絵が見えているかのようだった。浮かび上がった絵は絆創膏の匂いがする夕方の情景であったかもしれない。

それが何であったかは分からない——。

しかし、彼は書きつづけていた。

『フィンガーボウルの話のつづき』を書くまで

子供のころから小説（らしきもの）を書いていた。ごく短いものばかりで、小説というより散文詩に近い。ノートに鉛筆で書いていた。世田谷線の運転手にもなりたかったが、どちらかといえば、やはり小説家になりたかった。

その一方で、ビートルズを聴いて音楽をつくりたくなった。十歳のときである。そこから八年間ほど音楽に傾き、ギターを弾いて、曲をつくって、バンドを組んだ。

小説に引き戻されたのは十八歳のときだったが、進路を決める時期が迫っていて、結局、小説でも音楽でもなくデザインの勉強をすることを選んだ。デザイナーの叔父に憧れていたのである。

学校に通いながら、装幀や雑誌のレイアウトをするデザイン事務所でアルバイトを始め、いつのまにかそこで正式に働いていた。月曜から土曜の、朝から深夜まで、ひたすらクライアントのオーダーに応える日々がつづいた。そのうち、自発的な表現のはけ口が欲しくなり、それでまた小説を書くようになった。仕事をしながら、その合間や移動の時間を利用して小さなメモ帳にボールペンで書いた。レイアウト用紙の端に書いていたこともある。時間が限られているので、ごく短いものしか書けなかった。

そうして断片的な文章を書いたメモが引き出しからあふれ出るほどになったとき、ソニーのPRODUCEというワードプロセッサーを買ってきて、メモに書きためてあったものを整理しながら打ち込んでいった。整理することで、ひとつの長い小説に仕立てようと企てたのである。

最初はその小説の卵のようなものに、「奇妙な惑星」というタイトルをつけた。物語の主な舞台となるのが港町にある〈奇妙な惑星〉という名の私設博物館で、その中庭の中心にすももの木が生えていて、毎年、びっしりと果実を実らせる。構想を練るうち、その果実からつくられたすもも酒が重要なアイテムになることが決まり、タイトルを「奇妙な果実、奇妙な惑星」に変更して、酒の名前を考えた。

そのすも酒を飲んだ者はさまざまな幻覚を見て、やがて記憶を失くしてしまう。あれこれと考えるうち、ビートルズの曲のタイトルである「ゴールデン・スランバー」がいいのではないかと思いついた。

子供のころから愛読してきた『ビートルズ詩集』（片岡義男訳）で、「ゴールデン・スランバー」は「黄金のうたた寝」と訳されている。その翻訳されたタイトルも気に入っていたので、以降、小説のタイトルを「ゴールデン・スランバー」もしくは「黄金のうたたね」と呼ぶことに決めた。

それが一九九四年くらいのことで、その三年後にクラフト・エヴィング商會の最初の本である『どこかにいってしまったものたち』が刊行された。これは自分の書いた文章が初めて一冊の本となって世に出たものだったが、職場の規定により外で仕事をすることを禁じられていたので、ぼくの名前はクレジットされていない。が、これにつづく二冊目の制作を始めたとき、職場のボスに相談して、本をつくること——具体的に云うと、テキストを書いてデザインをすることを許可してもらった。

そうしてつくったのが、『クラウド・コレクター』という本である。

一冊目がかなり濃厚な本だったので、そういう場合、二冊目が稀薄なものになりがちであると本づくりの裏方をつづけてきた経験から知っていた。なんとしても、それだけは避けたかったので、それまでコツコツと書き継いできた「ゴールデン・スランバー」を応用できないものかと考えた。

とはいえ、まだ小説は完成していたわけではなく、断片的な文章とアイディアが書かれたメモやノートがあるばかりだった。それをそのまま使えばよかったのだろうが、やはり、「ゴールデン・スランバー」という小説はいつか書いてみたかった。

では、どうすればいいのか——。

腕を組むうち、おかしなことを思いついた。

「ゴールデン・スランバー」のエッセンスを使って、まったく別のあたらしい物語を書けないものか。いわば、変奏曲のようなもので、イメージとしては、メモや下書きに書かれた言葉を「裏返す」ことで別の言葉や物語に変換していくのである。

「トランスレート」とぼくはその作業をそう呼んだ。頭の中にセットしたフィルターを通して別の言葉やイメージに置き換えていく。たまたま、手もとに「すもも酒」というキーワードがあったので、そのトランスレートの作業は蒸留酒をつくっていく工程をなぞった。言葉を推敲して蒸留し、より濃厚で透明な物語になるよう目論んだ。

結果的には、「蒸留酒」そのものがあたらしい物語の中心に置かれ、「いくつものエリアでつくられている個性的な蒸留酒を飲みながら旅をする」という冒険譚に発展した。その旅の道程はひと組のタロット・カードに集約されているのだが、そのトリッキーな符合も言葉を裏返していく作業からヒントを得たものだった。裏返すもの→カード→タロットと連想し、ここが面白いところなのだが、トランスレートされたエピソード群とタロット・カードの絵柄を並べてみると、偶然にも共通点が多々あって、すべてのエピソードを二十一枚のタロット・カードに託すことができた。

そもそもタロットというものが、あらゆる物語を蒸留してつくったイメージの集約であり、だからこそ占いの装置としても機能するのだが、混沌としていた「ゴールデン・スランバー」という小説が、『クラウド・コレクター』という副産物を経たことで、二十一枚のカードに整理されたことが快かった。

（これでスムーズに書けるかもしれない）

そう思っていたところへ、『クラウド・コレクター』を読んでくださった新潮社の田中範央さんから長文の手紙をいただいた。「小説を書いてみませんか」と書いてあった。願ってもないことである。いま思うと、田中さんは『クラウド・コレクター』の裏に隠されていた「ゴールデン・スランバー」の存在を直感的に見抜いていたのだろう。

かくしてぼくは自分のデビュー作となる小説を田中さんのもとで書こうと決め、それまであたためてきた「ゴールデン・スランバー」の断片的な下書きを読んでもらった。

一九九九年のことである。世は世紀末で、単なる数字の並びと云ってしまえばそれまでだが、一九九九年とそれにつづく二〇〇〇年と二〇〇一年に漂っていた終わりと始まりの空気はそうそう味わえるものではなかった。そんな大きな世紀をまたぐときに長い長い物語を書き、自分のデビュー作として世に問うのだ。

ところがである――。

急に、（いや、それは違う）と思いなおした。（そっちへ行ったら駄目だ）という思いに駆られたのである。そこには何か理屈があったわけではなく、長らくつき合ってきた大きな怪物を自分の中から解放してしまったら、もう何も残らないのではないかという危惧があった。

解放した満足から、それきりおしまいになってしまうのではないか——。

「それはイヤだな」と子供のようにつぶやいた。次の世紀を生きる自分の未来は、世の中の隅の方でコツコツと小説を書きつづけていく姿だった。それは「大きなもの」ではなく、ささやかな「小さなもの」でいい。読むのに何週間もかかる大長編ではなく、子供のころに書いていたもの、仕事の合間にこっそり書いてきたもの、そうしたごく短いものでいい。それが自分にはちょうどいいのだ。

では、どうすればいいのか——。

ひとつ、ヒントがあった。とある中古レコード屋でビートルズの〈ホワイト・アルバム〉を見つけたとき、ジャケットの隅に打たれた六桁の数字に、ふと感じ入った。それは全世界共通の通し番号で、本当かどうか分からないが、同じ番号はふたつとないという。

そこから物語の入口を思いついた。

ひとりのスパイが本部に呼び出され、「次の任務は各国から選ばれた何人かの諜報員が力を合わせて行うものになる」と云い渡される。「ついては、お互いの名前や来歴を秘匿し、代わりにコードネームで呼び合うように」——そのコードネームが、それぞれが持っている〈ホワイト・アルバム〉の番号なのである。

それから、中古の〈ホワイト・アルバム〉を探し歩いた。日本盤だけではなく、アメリカ、イギリス、フランス、ドイツ、デンマーク、アルゼンチンといった国の盤が次々と見つかり、見つけるたび、白いジャケットに染みついた汚れや落書きを眺めた。眺めるうち、スパイのアイディアは消え、このレコードを最初に買った人はどんな人であったかと夢想するようになった。ジャケットが真っ白であることが、より妄想を誘った。

その白さは何も書かれていないノートの白さに似ていて、そのうえ、ひとつひとつに番号が打たれている。云ってみれば、白紙と番号を手に入れたわけで、世界中から集められた小さな記憶が三十センチ四方の白い箱におさめられて、ひとつひとつに番号が打たれているように見えた。その忘れられた記憶を白いジャケットにあぶり出すように、日本盤であれば日本人の物語を、フランス盤であればフランス人の物語を書いていったらどうだろう——。

田中さんに会い、「ゴールデン・スランバー」をお蔵入りさせて、新たに〈ホワイト・アルバム〉をモチーフにした短編集を書きたいと申し出た。よくぞそんな無茶な方向転換が通ったものだが、田中さんはおそらく、ぼくが「ゴールデン・スランバー」を完成させるのはずっと先のことになるだろうと予見していたに違いない。いや、ずっと先どころか、永遠に書き上がらないかもしれないと判断したのではないか——。

じつは、田中さんの手紙が届く前に、『クラウド・コレクター』の編集者のひとりである筑摩書房の中川美智子さんから、「篤弘さん、小説を書きましょう」とありがたい言葉をいただいていた。中川さんはぼくよりひとまわり以上歳上のベテラン編集者で、編集されてきた数々の本には独特のおもむきがあった。その末席に自分が招ばれているのだとしたら、やはり少しでもその席にふさわしいものを書きたい。それは『クラウド・コレクター』やその元になった「ゴールデン・スランバー」とは違う、もっと日常に即したものがふさわしいと思っていた。さて、何を書いたらいいのかと逡巡するうち、ようやく見つけたのが「食堂」という言葉と舞台で、そのころ——一九九九年である——世の中には「食堂」を題材にした小説や映画がほぼ皆無だった。これに「つむじ風」という言葉を重ねて、「つむじ風食堂の夜」というタイトルを思いつき、そのタイトルだけを書いた一枚のメモを中川さんに渡すと、「とってもいいです。これで書きましょう」と絶賛してくれたのだった。

しかし、これがどうにも書き出せなかったのである。もし、書いていたら、デビュー作は『つむじ風食堂の夜』になっていた。そんなわけで、この二作を「双子のデビュー作」と呼んでいたのだが、とにかく書き出せないまま時間が過ぎて、ついに『フィンガーボウルの話のつづき』を書き始める段になってもまだ書けなかった。

ところで、『フィンガーボウルの話のつづき』は〈ホワイト・アルバム〉の番号から始まる話である。その筆頭はやはり自分が最初に買った盤の番号がいいだろうということになり、となると、自分のことを物語として書くことになるわけだが、それはそれでどうしていいか分からない。

（いや、そうじゃない）と頭を振った。（いまの自分をそのまま書けばいいのだ）

それで、最初の話の主人公は「食堂」の物語を書くことができない吉田君になった。ほぼ自分のことであり、たびたび、横浜へ取材に出かけていたのもそのとおりである。

こうして、『フィンガーボウルの話のつづき』は無事に書き上がって上梓された。世界は二十一世紀になっていて、奥付の初版発行日は二〇〇一年九月二十日だが、実際の発売日はこの日付よりもう少し早い。世界中に点在する小さな物語を書いてデビューしたそのとき、深夜のテレビ・モニターに世界が一変するような映像が映し出されていた。

九月十一日だった。

文学のことはよく分からないが、この日を境に大きな物語が鳴りをひそめ、個人の語りにシフトした小さな物語が世界中で書かれるようになった。自分の方向転換は、大きな物語を書こうとして、「手に負えなくなった」というのが本当のところだろうが、(そっちへ行ったら駄目だ)という内なる声は、そうしたことが正しかったかどうかはともかく、予言的ではあったかもしれない。

刊行されてまもなく父から電話があり、本を読んだ感想の代わりに、「お前は何度、俺を殺せば気が済むんだ」と笑いながらそう云っていた。最初は何を云っているのか分からなかったが、あらためて読みなおしてみると、たしかに父親が亡くなったことを示唆していたり、亡くなっていないとしても、父親の不在に言及した話がいくつかあった。これはしかし、この本に始まったことではなく、たとえば、クラフト・エヴィング商會は「三代目」という設定になっているが、先代は祖父であって父ではない。

古来、文学の世界では、「父親殺し」というテーマが繰り返し語られてきた。しかし、もちろんそんなことを意識したことはなく、父に云われなければまったく気づかなかった。ただ、本ができあがった直後に9・11が起き、父が電話をかけてきて、俺が殺されている、と指摘したことは特筆しておきたい。

というのも、父は電話をしてきた半年後に突然倒れて亡くなってしまったからである。唐突な父の死はまるで手品の人体消失マジックのようで、その鮮烈な印象がぼくに『つむじ風食堂の夜』を書かせた。

あんなに長いあいだ書けなかったのに、いざ書き出したら一週間で書き上げていた。

＊

『フィンガーボウルの話のつづき』は二〇〇七年に新潮社で文庫化され、その際に単行本のテキストに多少手を入れたが、今回はすでに単行本からおよそ十八年が経っていることを考慮して全面的にテキストをあらためた。なにしろ、右も左も分からずに書いた最初の小説である。とはいえ、ここにはこのときにしか書けなかった何かがあるようにも思われ、なるべく文意はそのままに、言葉づかいや漢字とひらがなの使い方などをあらためた。

この小説は、なかなか小説を書くことができない「吉田君」が書いたテキストと、謎の作家ジュールズ・バーンが書いたと思われるテキストが交錯するかたちで一冊になっている。それぞれの短編を書いたのが、吉田君なのかジュールズ・バーンなのか、どちらなのか分からないところがポイントで、そのため、ゆるいメタ構造にもなっている。そう考えるとけっこう複雑な構成がなされているのだが、それぞれのテキストは総じてポップで、いくつかは児童文学的ですらある。そのアンバランスさこそ、このときだけのものであったと作者としてはやや苦笑しつつ納得するところである。

ただ、この複雑かつポップな構成はそのままに、この本が成し遂げるべき「世界中のさまざまな小さな物語」を大いに増量して、いつか完成版をつくりたい。そのためには、あと百篇ほど小さな話が必要で、今回の再単行本化を機にライフワークとして書いていこうと思いをあらたにした。

ひとまずは、十八年後の刊行を目指したいと思う。

本書は二〇〇一年九月、新潮社より単行本で刊行され、
二〇〇七年八月、新潮文庫で刊行された本の増補版です。

吉田篤弘（よしだあつひろ）

一九六二年東京生まれ。作家。小説を執筆するかたわら、クラフト・エヴィング商會名義による著作とデザインの仕事を続けている。著書に『つむじ風食堂の夜』『それからはスープのことばかり考えて暮らした』『レインコートを着た犬』『台所のラジオ』『遠くの街に犬の吠える』『京都で考えた』『金曜日の本』『神様のいる街』『あること、ないこと』『おやすみ、東京』『おるもすと』『月とコーヒー』『チョコレート・ガール探偵譚』など多数。

フィンガーボウルの話《はなし》のつづき

発行日　二〇一九年五月二四日金曜日　初版第一刷

著者　吉田篤弘

発行者　下中美都

発行所　株式会社平凡社
〒一〇一-〇〇五一　東京都千代田区神田神保町三-二九
電話　（〇三）三二三〇-六五八〇［編集］
（〇三）三二三〇-六五七三［営業］
振替　〇〇一八〇-〇-二九六三九

印刷　株式会社東京印書館

製本　大口製本印刷株式会社

ISBN978-4-582-83600-4
NDC 分類番号 913.6　B6変型判（16.6cm）　総ページ 288
平凡社ホームページ　http://www.heibonsha.co.jp/